かか

我想生下妈妈

〔日〕宇佐见铃

Usami Rin

著

千早 译

上海文化出版社

　　如此，轻盈地穿过了小兔白皙的指间。好不容易捞起，瞬间又溜走了，手中已经空空如也，如此重复着。

　　年幼时，小兔我啊，曾经在浴池中饲养过一条金鱼。不，并不是在庙会集市上捞到的金鱼，也不是来自他人的赠予。其实，算不算是饲养也很难说，回想起来甚至很怪异，毕竟，只拥有了短短的一瞬。金鱼轻飘飘地浮在浴池里。小兔泡在水里。午后的阳光透过窗户，将那深红的身体照得剔透，影子落在小兔的大腿上。小兔没有夏日祭金鱼摊上放大镜似的渔网，只能把手微微合成圆形，打着转儿，试图把金鱼捞起。然而，金鱼总能灵巧地逃走，接着仿佛嘲讽一般沉入水中。

幼稚的小兔忍不住较起劲儿来，执拗地捕捉起了那家伙，可迟迟没有成功。把双手蜷成碗状，手心向上，从浴池的深处静静捞起，终于在数不清第几次时成功了，这才尝到满足的滋味。小兔保持着托举双手的动作，费劲地抬起脚，勉强地跨出了浴池，朝浑身赤裸的明子跑去。那时表姐明子刚搬来不久，小兔想看看她惊讶的表情。

下一刻是措手不及的。小兔被猛地敲打了一下头。由于实在太过突然，我一时发不出声音，连泪腺都堵塞了一般，呆滞地仰视着明子，明子反而哭了起来。年长六岁的明子没有流露出丝毫怜惜，随着眼角一行无声的泪，朝我投来了厌恶的目光。光溜溜的小兔只觉得莫名其妙。

很久以后，直到初潮来临，小兔才终于弄清楚那时明子发怒的原因。女人双腿间溢出的血液摇曳在温热的水中，如同美丽的金鱼，呈现在年幼的小兔眼前。

　　卡卡一定也见过那种金鱼吧。我想知道她的感受，却无从询问。这懊恼的感觉，让我不禁深深地憎恨起了那美丽的金鱼。

*

　　小兔不擅长剃体毛。抱歉，又忽然蹦出了古怪的自白。第一次将卡卡的剃刀抵在肌肤上时，小兔没抹任何乳霜，理所当然，划出了红色的血痕。如今呢，倒是会先用泡沫润滑了，不至于再受伤，可即便已经十九岁，刮毛的难度还是不会改变啊。

　　午后的浴池里明明没有放水，却被阳光灌得满满当当。小兔一丝不挂地站在一旁，感受到寒意从小腿肚向上蔓延时，总会开始后悔：怎么又裸着身体等待花洒出温水？臀部、腹部等暴露在空气里，泛起了鸡皮疙瘩。我害怕冷丝丝的水花溅在身上，下意识地屈起了身体。与此同时，水迅速地浸染了地面。为了尽可能地减少与冷水的接触，小兔抓着花洒头踮起了脚。这副模样，任谁看来都很滑稽吧。噗啾，我往湿润的手心里挤了些刮毛泡沫，用指尖蘸取，涂向全身，直到所有的肌肤都均匀地覆盖了五毫米左右的白色泡沫，才终于划动起剃刀。最麻烦的是手指和手臂，这些部位的体毛相对柔软，一两下根本刮不掉。

小兔觉得这是某种成为女人的仪式。耗费心思把利刃抵在身上，让细腻的肌肤暴露在外，我感到些许心虚。这仿佛和中学时把校服裙卷到几乎露出屁股的女生的行为没什么区别。我虽然抗拒，但放任不管并不会显得更体面，只能机械地继续消除黑色体毛的动作。

虽然与告别俗世和女人身份的出家完全不同，但都和"剃"有关。说到这里，不禁想起教古典文学的I老师教过的和歌，真是不可思议。不知你最近有没有好好去学校，是否听过，总之，我记得是某位决意出家的女性所吟诵的和歌。"争执不休，意欲为尼，儿亦追随，放鹰剃发，何其哀哉。"[1] "剃发"是出家的象征，与儿子向天际"放飞"[2]鹰形成双关。然而当我回想起这句和歌时，不知为何脑海里总浮现出手举电推刀剃头的女人的形象，很是困扰。

小兔的动作比以往更偏执了，剃刀划过的疼痛感让脸皮皱起，反反复复，直到视野里的毛茬消失不见。清洗头发和身体后，再用镊子将残余的顽固体毛通通拔掉，冲冷水刺激敞开的红色毛孔收缩，接着拍打化妆水，将乳液挤在手心里细

---

1 取自《蜻蛉日记》。道纲之母长期沉浸于痛苦中，本想一死了之，却舍不得丢下道纲孤苦于世，于是向道纲表明自己决意出家。道纲尚年幼，虽无法透彻地理解母亲的想法，却毫不犹豫地表示自己也要追随她出家。道纲之母见状，只好劝阻他："饲养的鹰要怎么办呢？"不料道纲立刻剃头，放飞了鹰。道纲之母望着鹰消失于天际，体会到儿子坚定的心意，悲哀到无法言语。（如无特殊说明，本书注释均为译者注。）

2 "剃发"（剃る）与"放飞"（逸る）同音。

致地按摩皮肤。我不是要展现给谁看，一连串彻底的准备都是为了自己，这样想或许与剃发出家有些相似。九点五分左右，我比以往早了好几个小时钻进被窝，将闹钟设定在四点半，然后开始睡觉。

小兔的世界里，一直流淌着某些不成文的规定，与法律和通常的伦理观之类的完全不同。那是只属于我的行动准则，支配着我自己。出发时绝对不能被任何人看见；准备出发时如果有谁醒来，这次旅程就会宣告失败。入睡时明明反复对自己强调过这些，最终却是被卡卡烤松饼时打翻容器的响声惊醒。已经六点了。阿光啊，侬当时还赖在床上混混沌沌的，或许完全没有记忆吧。在卡卡的催促下，小兔小声地叫侬起床，当时可是失落得不得了，为什么偏偏是今天睡过了头啊。

本来没有想让卡卡为我准备早餐，她穿着满是毛球的旧睡衣，肚子和脚边都邋邋遢遢的，粉末被撒得到处都是，嘴里还嘟嘟囔囔地抱怨着什么。

　　小学时，第一次外宿的小兔因为分离焦虑而痛哭，卡卡做了护身符安慰我，从此每次出远门，她都会准备类似的惊喜。之前还一起做了不知是蛇还是龙的护身符给侬，不过侬没多久就弄丢了，但小兔的毛毡兔子，至今还挂在外宿时会用的背包上。有好几次，卡卡都在便当盒里放了写给我的信，甚至还悄悄给我织过围巾。

　　升入初中后，随着外出合宿的机会变多，大概是想着小兔渐渐习惯了，卡卡的惊喜也变少了。这次，她或许是忽然回忆起过去了吧。

　　"卡卡是在给小兔烤松饼吗？"我捡起打翻的容器，如此问道。她紧闭着嘴唇，喉咙深处发出"嗯"的一声。

　　"没撒很多喔。"

　　"只够做很小块的饼咯。"卡卡的声音带了哭腔。我于是说："我也吃不了那么多啊，没事喔，用剩下的粉做给我就好。"说着，我穿上了晾干的高领衫。

　　地板上到处都是卡卡昨晚失控的痕迹。椅子倒在一旁，四周散落着报纸和啤酒瓶的碎片。一如往常，卡卡对昨晚大发酒疯毫无记忆，房间里的惨状似乎也完全不在她的眼中。日常里温和的卡卡，一旦喝酒就会性情剧变，侬也知道吧。她光着脚，碎片割破的伤口处结成了发黑的血痂。几分钟后，正在搅拌原料的卡卡居然发出了欢愉的声音，"做巧克力酱口味喏"，看来她并不在意脚上的疼痛。说不定是托了尚未完全醒酒的福，连疼痛也感知不到了。她经常酗酒，家里总是一片狼藉。

　　小兔拔下床边插着充电器的手机，与喷过防水剂后晾干的雨衣一起塞进了包里，抽出保鲜膜，卷好两块被卡卡烤得半生不熟的小松饼，然后穿上了鞋。从鞋柜深处翻出了一双黑色长靴，说是下雪天也不会打滑，可鞋带绑起来很烦琐，尺码又小，脚趾都顶在了鞋尖。虽然很在意，但时间来不及了，小兔硬是穿上了它。

"路上好生点喏。"卡卡的声音像在轻声哼歌，毛线条纹睡衣包裹着她的身体，刘海剪得平齐，像少女一样。她受伤的脚软乎乎地踩在玄关冰冷的地板上，泛红的脸颊堆满了柔和的笑容。恍惚间，我仿佛看到了从前卡卡清早出门上班的样子。小兔本该像以往一样应答"我出克了昂"，不过我并没有应答。这种软绵绵又傻愣愣的说话腔调，既不是方言也不是模仿老爷爷老奶奶的语气，而是卡卡自创的。例如"谢咯哟"是"谢谢"，"好生困觉喏"是"晚安"，侬也知道，卡卡说话的腔调像蹩脚的关西话夹杂九州话，那如幼儿般口齿不清的发音被小兔悄悄称为"卡卡腔"。侬进入东京的中学后就不再那样说了。小兔也困扰过，即使只在家里说，有段时间都因为羞耻而想要戒掉，可最终说惯了的第二人称"侬"还是来自"卡卡腔"，真是败给她了呢。

卡卡明天预约了某项手术。旅途启程日也是

她入院的日子。虽然依绝不会因为小兔抛下这棘手的一切去旅行而责备，但依应该也不了解，小兔为何偏偏选在这种时候独自启程。卡卡不在家时，自然该有人担起家务，还得去医院照顾她，但我并非因为不愿做这些才选择逃离。我是为了直面某个念头。卡卡入院期间一定会给依造成很大的负担吧，但我只能如此向依辩解，踏上那个旅程。为了透彻地看清自己，实现目的，我必须踏上旅程。

　　阿光，小兔我啊，想生下卡卡。想孕育卡卡喔。

＊

　　幼儿园时，我长大的梦想就是成为卡卡，也就是成为妈妈。老师的字比卡卡的更漂亮，她帮我在黄色的纸笺上写下"想成为妈妈"，不知为何，这个片段的记忆特别鲜明。每当对咨询老师说"母亲她……"，或是向私塾的朋友提起"我妈妈啊……"时，小兔总感觉似乎把"卡卡"忘在哪里了，可当时的小兔还是个小不点，是清晰地对老师改口说了"妈妈"这个称呼，还是明明说了"卡卡"却被改写成"妈妈"，关于这一点，完全是云里雾里。

　　小兔进入小学后没多久，托托就离开了家。

原因是外遇。像是一种替代，卡卡将小狗囉啰带回了家。夏天时，原本住在和歌山的明子带着姥姥和嗲嗲一起住进了我们在横滨的这个家。侬也知道，明子的卡卡，也就是小兔和侬的姨母夕子已经去世了。明子的托托动不动就去海外出差，一切都是无能为力的。那之后已经过去十年，直到现在，她也不会流露出哪怕一刻的松弛。简直就像刚带回家的小狗。距此一个月还是两个月前，小狗囉啰刚来家里时，侬动不动就说它"不肯露出肚子哪"，然后把手指伸进笼子的细缝里，强行碰触它柔软的毛。据说小狗在陌生的环境里，不将肚子暴露给敌人是很自然的。即使是无须出门的日子，明子也会清早五点就将头发梳理整齐，换上得体的衣服。她总在最后泡澡，随后任何人都不被允许靠近她的房间。横滨的房子原本就是卡卡的娘家，自然有夕子阿姨的房间。那里一度成了杂物间，如今明子又住了进去，小兔也只是寥寥踏入过那个房间几次。

不知依是否还记得夕子阿姨的遗体告别仪式，小兔的脑海里仅能浮现出片段式的画面。往棺材里献白花时，我悄悄避过大家的目光，用中指的外侧轻碰了一下夕子阿姨的脸颊，触感是意料之外的僵硬。最后透过棺材的小窗口凝视夕子阿姨时，明子睁大了眼睛，变得无法动弹，嗲嗲便拉了拉她的袖子。明子穿着老式黑裙，她有点儿溜肩，衣领顺势滑落，枯瘦的肩膀露了出来。仅此而已。身处殡仪馆时，我完全没有体会到与死亡相符的沉痛，只是乖乖地顺应肃穆的氛围保持沉默，可是在后方的河岸眺望烟囱时，忽然涌起了悲伤，不知道那一刻是夕子阿姨被推进了火化炉，还是一切都已经结束了。

风声呜咽，如泣如诉，夕阳渐渐陷入山间，河面上闪烁着余晖，仿佛火星散落。焚烧夕子阿姨的烟，像从柔软的布上被掸落下来，消融于天空。小兔挠着手肘目送这一切，忽然感到一阵猛烈的痒，心想可能是被螃蟹刺了。当时的小兔还没弄明白卡卡跟嗲嗲和姥姥常说的"被蚊子叮了"是什么，把"蚊子"理解成了"螃蟹"[1]。我用蛮力挠痒，疑惑着那红红的钳子究竟是怎么神不知鬼不觉地刺到了我的手肘。

我用指甲摁压肿起来的小包，身后忽然传来卡卡的制止声："别挠喏。"她从包里取出止痒膏为我涂抹。药膏稍稍涂偏了，小兔也一言不发。夏季的风从山顶吹来，摇撼着对岸的萋萋荒草，最终伴随蒸腾开来的湿热草香，失控地加速。气味仿佛有了声音，喧嚣间夹杂着刺鼻的药膏味。就算明子被螃蟹刺到，也不会再有夕子阿姨为她涂药膏了，这样想着，痒就化作了疼痛。

小兔从那么久以前，就无法在与他人划清界限的前提下感受他人的疼痛。亲人是不一样的。我指的并不是以血缘关系维系的纽带。亲人，写

---

1 "蚊子"是"か"，"被蚊子"是"かに"，"かに"与"螃蟹"的读音相同。

作"身内"[1]，也就是自己的身体内侧对吧。小兔只有将他人接纳进自己的身体里时，才能疼痛对方的疼痛。一旦进入身体内侧，那便成了自己的事，会为此疼痛是理所当然的。我虽然无法感知夕子阿姨的疼痛，但夕子阿姨之于明子，就像卡卡之于小兔，这让我疼痛到难以自抑。

即便如此，大部分时间里，明子都不是小兔体内的一部分。自从她开始将男友带回家，我们之间便有了决定性的差别。小兔到现在都记得她的第一任男友来家里的场景。

山健哥是个身材魁梧的人，声音和表情算是温柔，却与这个家的氛围有种难以言喻的格格不入。刚进家门，寒暄间就问到了佛龛的位置，首先去上了一炷香。姥姥时不时会提起这件事，对比明子之后交往的几任男友，感慨她当初要是和山健哥安定下来就好了，但小兔最讨厌的就是山

1　"亲人"的日文写作"身内"，也有身体内侧的含义。

健哥。那天，在姥姥的招呼下，他从二楼走了下来，问到"这孩子就是小兔"时，他的微笑好僵硬。我瞬间注意到，他那宽厚的脚硬是挤进了一双黄色拖鞋里。明明平时没有人穿拖鞋，却特地给客人准备拖鞋，这也就算了，但那偏偏是以前在中华街买给小兔的拖鞋。我越想越介意，仅仅回应了一声"嗯"，根本懒得和他打招呼。阿光是绿拖鞋，小兔是黄拖鞋，这是买给我们的东西，现在的确不穿了，甚至忘记了它们的存在，可一旦被陌生男人穿上，那双拖鞋就瞬间变得重要了，真是烦躁。一想到他擅自穿了我的拖鞋，我便感觉连明子都无法信任了。

像山健哥那样一来就直奔榻榻米房间的人倒是没再出现，不过明子后来的男友都知道小兔和侬的存在，也不曾将卡卡错认成明子的母亲。从那些男人的反应不难猜到，明子应该把我们的家庭描述得很差劲。侬也知道吧，明子经常做一些让家人困扰的事，例如：明明没给嘘啰喂饭却撒谎已经喂了（囉嗦没吃饭的话会吐出黄色的胃液）；藏起收到的贺年卡；偷用卡卡喜欢的限定口红；背着大家独自做嗲嗲的生日贺卡导致气氛无比尴尬。一件一件，都是小事，况且家也不是学校，大家都不愿和她计较。可小兔并不这样想。课题参考书消失时，小兔逼问明子，姥姥明知道是明子拿走的，却责备小兔没收好自己的东西。拖鞋的事也一样，回想起来，大概是她故意让山健哥穿的吧。虽然如此，明子会巧妙地隐藏起霸凌的一面，真是不知该怎么对付她。

无论明子再怎么变着法儿找碴儿，姥姥还是疼爱着她。每当新的男人来到，姥姥都会评价一番，最终少不了一句："选择了明子，倒是很有眼光！"说着从喉咙深处发出大笑。卡卡端来腌菜，姥姥会殷勤地夹给明子的男友，仿佛那是自己亲手腌制、准备的一般。接着，姥姥从诚惶诚恐的男人手边收回用过的玻璃杯，放在卡卡的空盘子上。卡卡会笑着收拾，小兔便站起身来帮忙。记不起是明子的哪任男友了，他喝了苏打威士忌后满脸通红地对着帮忙的小兔说："你会成为一个好妻子呢。"

男人折叠起粗壮的双腿跪坐，摆动着肩膀。他明明用了这个家的碗筷吃饭，却一次又一次将明子带去外面过夜。到了明子的年纪，这或许是很平常的事吧，小兔却不禁觉得男人不配吃那些饭。想着这种事，连以前最喜欢的综艺节目都不好笑了。挤上满满的泡沫，擦洗男人使用过的餐具也很窝火。每当明子外宿，姥姥都会提起托托还是卡卡男友时的往事，这渐渐动摇了小兔对卡卡的信仰。这等同于被告知自己诞生前的过程。于是，小兔不想成为任何人的新娘，也不想成为卡卡了。

总之，我要离家出走。卡卡的目光紧紧地黏在身后无法摆脱，但我还是一把拎起装有手机、充电器、钱包等物品的茶绿色斜挎包，背起挡在一旁的外宿专用大双肩包，似乎以此成功阻断了她的视线。走出家门后，抵达最近的车站需要三十分钟，原本与夜晚没有区别的天空自然而然地泛起了白。幽暗里残留着些许夜的温柔。夜色完全消散后，拂晓的微光浸染了目之所及的一切，可我并不觉得是行走时天逐渐亮了，而是我从夜晚的街道移动到了黎明的街道。我只是走到了被朝霞眷顾的街道而已，真是不可思议的想法。这一刻如此真实，可即使看着伴随国道的信号灯跳动涌来的大量车辆，目睹上学和通勤的人群，还呼吸着早晨格外清爽的空气，小兔家的位置似乎依然被浓重的夜色沉默地笼罩着。这让我感觉，我抛下了那里的一切。

抵达换乘车站，我站在最狭窄的月台尽头。便利店的女店员有气无力地耷拉着眼皮，我把从那里买来的热茶放在手心滚了滚，然后塞进包里，顺势掏出了没完全烤透的松饼，小心翼翼地揭下保鲜膜，满溢的巧克力酱沾到了冻僵的大拇指上。

我细细地舔了起来，仿佛是在给予它体温。幸好是在清晨月台的尽头，这如同婴儿般的动作不会被任何人看到。

电车内暖气开得很足，不一会儿就感到燥热了，缠绕着脖颈的高领衫变得好恼人。我看着窗外单调的景色，肚子一下就饿了，犹豫着要不要吃另一块松饼。正在这个时候，伴随小田原站《小猴抬轿子》的旋律和杂音，一辆婴儿车被推进了车厢，里面是一个两岁左右的宝宝。宝宝转了转清澈的眼瞳，目光扫来的一瞬间，就让小兔下意识地让了座。"请坐。"过剩的暖气让我声音沙哑。那位母亲面容和善，眼头到眼尾仿佛被粘成了永远微笑的模样。她向我道谢，呈现出一个任婴儿摆布的悲哀女人的模样。

说到这里，侬一定会误以为小兔不那么讨厌婴儿了吧。然而，我绝不是出于善意才让座的，自然也不是为了面子。面对那双浑圆的眼瞳，除了屈服，别无他法啊。婴儿的眼瞳是可恨的，是被神明守护的。没有什么比映着信仰的眼瞳更强大。在小兔看来，旁边的女人只是普通女人，可映在婴儿眼中，却成了切切实实的神明。那眼仁如同外星人的一般黑亮，拥有断定人类罪行的力量。婴儿投来冷淡的目光，缓缓地张开嘴。既然从二月的冷风里来，那白嫩的脸颊摸起来应该是凉凉的，可通红的口腔内部看起来却是炽热的。小兔根本无法移开眼，本以为他会大哭，可他的嘴巴只张开了一瞬又合上了。他的目光依旧冷淡得看不出任何情感。

他只是打了个哈欠。婴儿的哈欠不过短短三五秒，却让小兔的心里涌起妒忌和憎恶。因为我的一切都无处遁形，只能屈服。那位母亲像随从一般从便利店的袋子里掏出巧克力面包棒，耐心地掰成小块，让婴儿用圆乎乎的手指抓稳，小兔不禁在脑海里对比起了卡卡没烤透的松饼。我产生了落败的心情。站在车厢里，中学修学旅行时使用的大背包变得很碍事，周围的目光让我好局促。大脑因血液上涌而缺氧，嘈杂的空气充满了压迫感。小兔忽然感到呼吸困难。

毕竟睡过了头，接下来电车到站的时间，自然会与事先打印好的行程有出入。虽说原计划预留了非常充裕的时间，但也禁不起犯了坐错车之类的愚蠢错误。我只能懊恼地拿出手机，打开了查询路线的页面。借助手机有种输了气势的感觉，不过眼下也顾不得这么多了。

从横滨到目的地熊野，若是坐普通电车需要约十个小时。因此，不选择夜行巴士或者新干线，完全是傻得不可救药。即便如此，我仍然决定坐普通电车，甚至还想一路断网，这是因为直觉告诉我，清贫苦行才能达到目的。既然去熊野参拜，化妆打扮当然也不合适，自然是素面朝天。住在都市里的人无法花好几天走山路去参拜，若要唤回信仰，必须吃相应的苦。不知是正逢低峰时段，还是离都市已足够远，随后的几次换乘，车厢里都有空位。我轻轻地合上双眼，大脑逐渐安静下来。

依迟早也会察觉到，神奈川的孩子们是无法去东京生活的。即使渴望自己租房子住，去东京那种三百日元车费就能抵达的地方也根本没意义。再怎么听四叠半民谣[1]，也还是会留恋故乡，无法移居都市。我在包里摸索着书，想拿出来看，忽然感觉到羽绒服里的手机在振动。一开始小兔是想无视的，可是振了一次又一次，耳机里播放的音乐总被打断，忍无可忍，这才打开了SNS。

我的账号没有用实名，那样太危险了，关注的人大部分是大众演剧[2]的粉丝。小兔尤其喜欢一个名叫西蝶之助的男旦[3]，会和他所属的飞鸟座的其他粉丝交流。刚创建这个账号时，一心想着认

---

1 以描绘恋人间清贫生活（例如同居在四叠半大小的房间）为主题的纯情民谣。

2 迎合一般群众及城镇小市民的需要而出现的一种戏剧形式。

3 扮演女性角色的男演员。

识更多兴趣相投的网友，但超过两百个关注者后常常因对不上号而迷惑，于是建了个小号，只关注其中二十个左右特别合得来的人。原先的账号基本被闲置了，现在主要在小圈子里玩耍，实时内容里几乎没有剧团的消息，大部分是日常碎碎念，但上网体验竟意外地舒适。多数关注者之间也是互相关注的，大家会聊化妆、毕业计划，甚至黄段子。若沉迷新事物，可以介绍给大家；若抱怨亲人，大家都会表示关心；若考试合格或过生日，转发祝贺等会立刻安排。虽然每半年大概会经历一次圈内动荡，比如关系不和的网友互相拉黑绝交，或者有人注销账号，但本就是小规模的交际，除此之外都很和平。那里存在着一个社会。

大约从中学开始，小兔在网上发牢骚的频率越来越高。依应该能猜到，就是卡卡开始精神错乱的那段时期。或许是对托托的出轨久久无法释怀，也可能是有什么更棘手的郁结，谁也说不准，总之卡卡为某种深刻的执念所困，痛苦着崩坏了。

精神错乱，虽写作"发狂"，可并非突然发生，更像是坏掉的船在荡漾的海水中缓缓下沉。坏掉的心，好比从午睡中醒来时看见了微暗的暮光，那样的不安与恐惧潜入心底，就成了发狂。

例如某天放学回家，我想着那叠九十分以上的试卷，喜不自禁地放下书包，却听见屋子里传来高压锅那令人心慌的声音。我急忙赶过去，看见卡卡的黄色毛衣蜷成一团，映在春天特有的浅色晚霞中。卡卡蹲在那里，对我说："回屋了喏，今天在学校还好吗？"

"我回屋喏。考试成绩出了，等我一会儿，这就拿来喔。"放在阳光下的牛仔书包摸起来已经有些发烫。我摸索着抽出塞满试卷的文件夹，可卡卡不翻也不看，问我："怎么样呀？"

"都过了九十分，英语也是。"

小兔自幼就比其他人更爱黏着卡卡，看向卡卡时自然藏不住期待，想听见她的夸奖。记得小时候，卡卡夸奖小兔和阿光时会说"真不愧是卡卡的小安吉"，听起来像在哼歌，还一边梳理我们的头发呢。小兔疑惑"小安吉"是谁，在脑海里反复寻找疑似的汉字，很久后才迷糊地察觉到卡卡说的是"angel"，也就是天使。总之，那为我梳理头发时的温暖的手指，我好喜欢。可是那天，卡卡夸奖我时，心不在焉地皱起了眉。

"怎么了？"

"卡卡肚子疼。"

我蹲下身扶起她的肩，凑近一看，卡卡像难忍强光似的眯着眼，下一刻猝不及防地哭了起来。卡卡摸索着自己体内的情绪，寄情于眉心，因此哭泣。泪水尚未涌出，声音就已经哽咽了，耳朵听见哭声后身体才回应般地落泪，卡卡每次都这样哭。侬曾说她"假哭"，我能理解侬的心情，但那并不是假哭。"好痛，好痛哟，小兔，卡卡，肚子好痛哟。"蹲着的卡卡渐渐朝地面瘫倒，小兔的肚子深处也痛了起来。是回想起遥远记忆时的那种钝痛。"月经？要不要吃止痛药？"说着，我用微波炉加热小狗形状的暖宫带。卡卡压抑着声音，似乎说了什么。

"说什么？"

"……了！"

"抱歉，刚说什么？"

"喝了，我好好地，喝过了药啊，为什么啊，为什么又那样说，真讨厌啊小兔，小兔总是，总是好冷淡啊，为什么，就是不理解我啊。"

好冷淡啊，为什么啊，她呻吟着，身体摇摇欲坠。我不明白她为什么发火，脑髓却对"喝了"这两个字起了反应。随即，卡卡身旁翻倒的空罐子映入视野。我才发现水槽和料理台上也散落着啤酒罐，它们将周围柔和的阳光反射得刺眼而锐利。春日的斜阳是那样温暖，洒满了弥漫着酒味的厨房。托托时常会一脸满不在乎地出现在家里，留下这种残局。不过询问之下发现，那次似乎并非如此。

卡卡在潜意识中反反复复地勾勒托托的外遇，渐渐刻印成深深的沟壑，无论想着什么，最后总会绕回到这件事。也许每个人都有相似的经历吧，一遍又一遍地勾勒自己的伤痕，因此受到更重的伤，最终刻印出无法自力脱离的沟壑。如同唱针落在黑胶唱片的刻纹里拖转，循环播放着相同的旋律，不断地为自己哭泣。

　　"姥姥她啊，对我说过，'因为夕子没有玩伴，很可怜，才顺便生下了侬'，卡卡是作为附属品被生下来的喔。"每次都是这个开场白，然后绕回到没有出口的死胡同。她一脸震惊地控诉着，像在坦白隐忍至今的重大秘密。接着她提起明子，提起托托，提起发现托托外遇后故作轻松却暗中监视他，她越说，情绪越激动。即使我闭上眼，那副模样还是会浮现在脑海里。侬也目睹了好多次，几双手都数不过来了吧。"小兔不觉得过分吗？那家伙啊，托托他，明明自己犯了错，居然把卡卡一脚踢开，连这种地方都被他弄伤，骨头说不定都碎了嘛。"说到"连这种地方",卡卡将交叠着的手臂露给我看。此前她一直抱着膝盖,小兔这才发现卡卡肉嘟嘟的手臂内侧有一道约一厘米宽的伤口,血正从深处渗出。我手臂上相同的位置瞬间发凉,仿佛刚被酒精棉球擦拭过,下意识地大吼道:"怎么又做这种事!"卡卡咬住被唾液濡湿的嘴唇,却还是泄露出低哼声,显然在强忍着疼痛。这样的她,真的好可恨。我一看到伤口边缘狰狞的白色瘢痕,便知道这是卡卡再现了过去被托托推倒在厨房时磕碰到粗糙的地砖所造成的擦伤。

卡卡的身体不情不愿地摇摆着。我按住她,心想医药箱里或许有消毒液,却忽然看见干净的洗碗槽里静静地躺着一把削皮刀。削皮刀上沾着血和倒刺一样的皮肉。将刀锋抵在裸露于空气中的手腕上,削向手肘,这个画面骤然浮现在脑海,随之袭来的剧痛令我几乎无法动弹。那与真实的疼痛很接近,无论小兔期望与否,卡卡的疼痛就是转移到了我的身上。之前提起这些时，依一脸难以置信，但这都是真的。

小兔与卡卡之间的界限是暧昧不明的，似乎总共享着肌肤的感受。记得有一次我迷路了，兜兜转转时摔伤了膝盖，回家后卡卡哭丧着脸，一边道歉一边为我消毒。"痛痛、痛痛都飞走"，我配合着她的声音，像吟唱咒语。卡卡的表情太过痛楚，小兔不禁起了怀疑，疼痛并没有飞走，只是转移到了卡卡的身上。

"呐，怎么会，卡卡，做了什么吗？做了什么坏事吗？卡卡选择了托托，都怪卡卡对不对？"

"没有。错的不是卡卡。"

小兔刚打开消毒喷液的蓝色瓶盖，身体忽然被卡卡用力一搡，瞬间跌向了地面。百元店的塑料医药箱摔在地砖上，发出令人惊颤的声响。"小兔、小兔。"我下意识地蒙住双耳，卡卡颤抖的手指触碰到了我的脸颊，猛地把我搂过去，差点亲吻到我的额头。十四岁女儿的头发仍像鼠毛般细软，卡卡将脸埋在其中，竭力吸气。我的手指摸索着头皮隐约发痛的地方，发现卡卡缠绕在发丝间的手指已经完全被眼泪浸湿了。潮湿的呼吸拂过耳朵，小兔的腰颤抖着僵硬了。腰部右侧仿佛被电流穿过，我不愿知道那是什么，忍不住想哭。

大概就是从那一刻起，我对卡卡开始抱有清晰的恨意。想到卡卡和托托像这样纠缠成一团，她用散发着泪水和阳光气味的温热身体压着托托痛哭不止，我就难受到极点。我挣扎着摆脱卡卡，跑向二楼的房间。

我一头扑向自己的床，将充电线拉近，插入手机，让浮肿的小腿肚陷入冷丝丝的被子里，然后打开了SNS。我通常会漫不经心地按时间线阅读和点赞，可此刻根本提不起那种心情。"好痛，"我如此写下，"我受够了。"这便是我第一次在网上发泄情绪。在那以前，我的角色定位一直是在有人烦恼时温柔而事不关己地表示安慰，忽然发牢骚实在很违和，想了想又删掉了，却不料小由乃发来了一句"小拉比，没事吧？"这让我产生了异样的安心感。"谢谢你，没事哟"，我在句尾加了一颗怦怦跳动的爱心，没有 @ 她就直接发送了。她和我一样只有十几个关注者，就算不直呼其名也能自然而然地对话。

网络没有想象中冰冷。那些匿名发泄的恶意、毫无根据的诽谤中伤等，与上网方式也脱不了关系。如果窝在私密账号内，网络其实也算温和，比起现实，稍稍温和一些。看不见对方的表情，却能通过字里行间微妙的腔调，走进彼此的世界。这里的人际关系也有复杂的一面，同样，麻烦也不可避免。之所以说比现实稍稍温和一些，是因为人们可以在网络里隐藏自卑的情结，不必袒露无须袒露的事。在现实社会中，往往外形决定第一印象，但上网时可以自由上传相对精致的自拍，不会有人忽然问我"在哪个学校念书"，自然也没人知道我在班里是个独自吃便当的角色。网络里，大家都能微微地踮起脚逞强。无法对身边人言说的苦恼，不必寻找特定的人诉说，便能在"总有人会看"的某个地方畅所欲言。

几年后升入高中，私密账号的新关注者也不过寥寥几人，旧网友中也仅有三个人销号或不再登录了，整体氛围并没有什么改变。剧团公演时，关注者偶尔会邀请我"一起去吧"，但小兔不想露脸，总会找理由搪塞过去，没有跟任何网友见过面。

公演结束后，演员们会送观众离场。男旦西蝶之助被称呼为"阿蝶"，我看着他那拍满白粉的手被反复地握紧又松开，真的像蝴蝶一样翩翩飞舞。他美丽的手在我眼中持续地闪烁。松开了我前面的那个女人，轻轻地挥了两下后，又缓缓张开，准备迎接下一只手。这时，他的食指微微地晃动了一下。"小拉比。"他的声音有些发哑，撩拨着周遭的空气。我写粉丝信时用的是网名。

"今天谢谢你来哦。"

"演出很棒，尤其是第三幕的第三曲。"

"小拉比也点了那首对吧？"

他的细眉被描成了微微带红的浅茶色，浅浅蹙起，微笑便凝固于泫然欲泣的瞬间。"阿蝶"的招牌表情永远都是那么美丽。与他握手时，我总会涌起被净化的感觉。应援多年，"阿蝶"早已记住了我的脸，交谈两三句也并不稀奇，即便如此，仍然是很开心的事。我怀抱着轻飘飘的喜悦离开了会场。小雨雾蒙蒙的，我暂时躲在大厅后门的屋檐下，打开了手机。有十几通来自卡卡的未接来电。以往有事找我，两通电话还不接她就放弃了，什么事这么着急呢？想到这里，我便无法继续在公演的余韵里沉溺，将手机举到了耳边。那一刻，我担心卡卡会不会为了求死而用削皮刀把自己割得遍体鳞伤。不安在膨胀，我的日常生活被拖入了泥沼。

"嚯啰不见喏。"

开头的"嚯"字伴随着呼气声，尖锐地刺痛了我的耳朵。没错，这一天发生了让侬第一次怒吼卡卡的那件事。听筒里卡卡的声音黏黏糊糊的。我绷紧腹部，竭力保持冷静地问她发生了什么，电话那头卡卡的回答如同梦呓。

"忽然呢，想着已经够了吧，卡卡，已经差不多了吧，活着也很悲哀，就从车上下来了，就稍稍下来了一下。然后，嚯啰，也屁颠屁颠地下车，车里啊，开着暖气，外面，下着小雨，凉凉的很舒服吧，它鼻子贴在湿湿冷冷的沥青地上，到处闻，走远了。因为周围很昏暗，没过多久就不见了啊。卡卡，一直看着。"

"试着开车找过了，可已经没影儿了啊。"卡卡嘀嘀咕咕地补充着。电话里传来细碎的喘息声。卡卡总是将悲伤表现得很鲜明，侬不觉得吗？

"嚯啰，不见了哟。"

闷闷的哽咽声传进耳朵里，她又像以前一样用做作的哭声诱导眼泪落下了。哭声是会传染的。眼前，大众演剧海报上演员们放大的脸庞也逐渐扭曲起来，随后，隔着电话听见了侬的吼声，是放学到家了吧。"什么不见了啊，都是侬的错吧，嚯啰又不是属于卡卡的，我要报警了，听懂了吗？"或许是电话那头的阿光让我稍稍安下了心，小兔那越飘越远的意识总算化作愤怒苏醒了。"去死吧。"我小声地发泄怒气，祈祷"死"字会刺痛她的耳朵，然后狠狠地挂断了电话。

嚯啰像替代托托的离开一般来到了这个家。最初其实有好好带它去散步的，但随着家人间的隔阂加剧，渐渐地，一周能去一次都算不错了。嚯啰真是很可怜，对吧。嚯啰是已经绝育的"弟弟"。散步时，它会尽可能地把脚抬高，震颤着小小的性器，喷出细细的尿液。看它那副样子，我有时会同情地想，它究竟是为了什么才诞生在这个世界上的呢？原本狗是为了彰显此处有强壮的雄性而做标记的，但对无法再与雌性交配的嚯啰来说，这完全是多余的行为。嚯啰毫无选择地被卷入卡卡的悲剧中，这让我好惭愧，也好恼火。侬也体会到了这种厌恶感吧，所以才会那么生气。

后来我又给侬打了电话，至于说了什么几乎已经忘光了，却清晰地记得提到明子的片段。

"明子回家了吗？她知道这件事了吗？什么反应？"

我也说不清楚自己当时为什么执拗地询问明子的反应。非要说的话，应该是想知道那个冷漠又不苟言笑的明子听见嚯啰走丢时，会不会流露出些许慌乱。

"明子和姥姥嗲嗲去看歌剧了。"

侬漫不经心地回答，似乎认为那是完全无关的事。

"为什么？"我心想，并且说出了口。失去夕子阿姨的明子成了姥姥和嗲嗲的心头肉，尤其是姥姥，非常疼爱她。虽说平日里训斥明子的人同样是姥姥，而非卡卡，可在旁人看来，那显然是出于爱的训斥。姥姥本就偏爱夕子阿姨，明子虽然长着蒜头鼻，但也算遗传到了美丽的容貌，自然会得到姥姥的疼爱吧。姥姥早早地离开横滨老家，搬去和歌山那么远的地方，不难想象她那种试图再一次养育早逝爱女的心情。即便如此，我也无法接受。她们明知道侬去了学校，小兔放学后会去剧场，为什么偏偏挑这种时候扔下卡卡去看歌剧呢？被剩在家里的卡卡，白天只能孤零零地待在厨房吃泡面和准备晚餐。这些场景明明都可以想象的，为什么还是扔下卡卡走了呢？卡卡为何带囉啰出门，其他人或许无法体会，但小兔清楚得不得了，因此对姥姥和明子不仅感到愤怒，甚至有某种更凶恶的情绪掠过了心间。

"什么为什么，我怎么知道啊，和现在的事也无关吧。"

那或许是一种讽刺，对小兔花零用钱去看大众演剧的讽刺，对我们姐弟进入私立中学就读的讽刺，毕竟明子从乡下的初中毕业后就辍学了。姥姥用哆哆的钱带她去看比演剧贵好几倍的歌剧，带她去高级餐厅大快朵颐，或许是想以此让她获得满足吧。

等我急忙赶回家，那三人仍然没有回来。依倒在沙发上一脸疲惫地看着手机，卡卡的下半身窝在一年四季都懒得收起的被炉里，头伏在漆亮的桌面上。

"姥姥，说，不在家吃晚饭。"卡卡的声音从手臂的缝隙间漏了出来。从置物架上垂落的电话线将听筒诡异地吊在半空中。"明明都做好了。"厨房里有六份打翻的生姜烧猪肉，其中三份的盘子已经被摔碎了。卡卡那如同浓密阴毛般的头发在隐约闪烁，原来是沾了一些陶器的碎碴。小兔沉默着，没顾得上加热，直接喝下了幸存的味噌汤，味道淡得像水一样。

钻进被窝后，怎么都睡不着，总觉得喉咙深处卡着痰，想吐在纸巾上。然而却只吐出些许唾液，卡痰的感觉仍然没有消失。于是我用纸巾卷住手指，直接插入了喉咙深处，试着拉动舌头。呕吐感涌起的同时，我不受控制地发出了叫喊声，只好慌忙地咬住纸巾。一咬才发现，居然有微微的甜味，我忽然理解嚯啰为什么总爱咬大家扔在一旁的纸巾了。

没过两天，嚯啰回来了。它被距离我们大约四站的一户人家捡到，第二天就去派出所登记了。嚯啰那沾满眼屎的模样，看起来着实令人心疼。这只茶色小狗的毛并不湿，摸起来却仿佛能感受到在它走失的那段时间里淋在上面的冰凉雨滴。小兔忍不住紧紧地抱住了嚯啰。

带嚯啰回家时，卡卡正在和姥姥争吵。我进起居室拿毛刷，侬正在沙发上玩手机。侬看也没看小兔，只是朝着玄关叫了声嚯啰。听见嚯啰的爪子迫不及待地在地板上蹭了蹭，侬的目光便又回到了手机上。不知道她们是怎么吵起来的，只见姥姥用力地挥着右手，仿佛演讲一般，卡卡还敷着面膜，双手抱膝，蹲坐在地上。她似乎有些呼吸急促，每次吐气时身体都会摇晃着上下起伏。深橘色的夕阳照进了房间。

"多少年了，你这孩子怎么还是那么别扭啊，以前就不肯要夕子穿不上的衣服，还不肯和她去一样的兴趣班，总是一副可怜相，你是乞丐吧，我明明是平等对待你们的，求爱求上瘾了吧。"

"可你说过，是顺便生下了我。你说过，我是作为夕子姐姐的附属品被生下来的。"

侬悄悄地瞥了眼抱着膝盖呜咽的卡卡，露出了憋笑的神情。卡卡摘下面膜后哭泣的样子或许是有些滑稽，但小兔还是无法理解，是怎样的粗神经会在这种时候笑。我沉默地瞪了一眼笑着朝我使眼色的侬，转身回了玄关。我用毛刷小心翼翼地梳顺囉啰打结的茶色毛发，听着姥姥的声音，大脑一片呆滞。小狗喉咙部位的毛是最柔软的，稍稍梳理就泛起金色的光，散发阳光的气味。"是说了，没错，真是附属品，你这种废物。夕子她啊，直到最后都没说过这种自怨自艾的话哦。她从来没有像你这样，扭曲地想为什么偏偏是自己得病。夕子有因为你闹过一次别扭吗？明子也是，明明就比你这种人辛苦几千倍几亿倍，你却只顾着自怨自艾，看着都烦，为什么没考虑过她的感受呢？不觉得她很可怜吗？""别再说了。"我听见卡卡挣扎的声音，可姥姥反倒越说越起劲。卡卡和姥姥虽然都在爆发时大喊大叫，但卡卡一喝醉就把周围破坏得一团糟，姥姥不同，姥姥会瞄准卡卡悲剧的核心，丝毫不加美化地击溃她赖以生存的积怨。

嘻啰的尾巴夹在两条后腿之间。我安抚般地抱起它，走向浴室。先用温水帮它洗了脚，然后抚摸着那柔软的毛，为它清理了屁股，顺便刷了刷浴池。水声在浴室里回响，轻易地冲散了起居室里争执的声音。最后，为了帮嘻啰漱口，我抓住了它的鼻子，没有使很大的劲，它却嘤地叫了一声。

包括小兔在内，家里的所有人都已经疲倦了。在那几天里，卡卡无论怎么发狂，通通被无视。直到相互扭打造成的青肿淤血加起来快超过十处，卡卡终于停止了发狂。卡卡的攻击波及了全家人，但小兔知道，她的意图并非伤害他人，而是她自残行为的一环。卡卡和小兔一样，是一不小心就会将自己的血肉与对方的血肉混成一团的那类人。既然是自己的身体，怎么伤害都无所谓吧。结束了这种凶猛的自残行为后，卡卡或许是燃尽了体内的能量，像婴儿一样躺倒，不再动弹。在小兔和家人的劝说下，她开始接受精神科的治疗。医院开了大量的药，她总和酒一起服用，渐渐地引发了歇斯底里症。两年前，嗲嗲提出让卡卡去戒酒医院或者去精神科住院，直到一年前才真正实行。

之前我在网上发牢骚说养的小狗因为妈妈的疏忽走丢了，收到了很多关心。随后分享了小狗回家的消息，大家也纷纷表示松了口气。那些都是真诚的回应。小兔也一样，看见关注者因为同父异母的弟弟烦恼或者因为霸凌苦不堪言时，都会点亮红心，试着在不踩雷的范围内安慰他们。

那段时间，小兔去学校的频率已经飘忽不定，对于小兔而言的社会已经缩减为家庭和 SNS。依应该不知道，我表面上说去上学，其实经常在横滨的美食广场一待就是好几个小时。记得我们小时候在那个商场的天台上玩耍吗？我有时会在商场里备考，做旷课时堆积下来的作业，躲避旁人的目光哭泣，那真是一段残酷的时光。理所当然，小兔的成绩急剧下滑，指定院校的保送是行不通了，普通院校也没考上，这才变成如今这样的无业游民哦。

*

抵达名古屋时，已经是正午了。穿着红色或深蓝色校服外套的学生们裹挟着冬天的风，穿梭于被广告包围的墙面之间。周遭充满了喧嚷的杂音，与人擦肩而过时，杂音具化为只言碎语传进耳朵深处，随后又渐渐远去，再次混进空气里。这一幕都市景象令小兔既失望又安心。这种没出息的感受，让小兔迫不及待地想远离俗世。

排队上厕所时，我正在玩手机。忽然，身后被轻推了一下，陌生人催促我："那个，那边有空位了哦。""不好意思，不好意思。"我道歉说，耳机线耷拉着，来不及把手机揣回兜里。我慌慌张张地进入了小的隔间。我将背包安置在挂钩上，试图脱掉出门后一直穿着的羽绒服和连帽衫，不知为何感觉像在切除臃肿的肥肉。一抬起手，完全汗湿的高领衫和内衣便唐突地暴露在空气里，腹部迅速蔓延起一片冰凉。我姑且保持脱到一半的轻松状态，焦急地回复已读的信息。这时我才察觉，大腿根附近也有湿湿的感觉。我将手指探入裤腰的松紧带里，稍稍拉开一点缝隙，立刻嗅到了血的气味。月经来了。

月经总是自顾自地开始。我想着以防万一，预先贴了一张薄薄的护垫，实在是做对了。替换厚的卫生巾时，我忽然想到似乎在哪里听过，经期参拜不太好，心中顿时涌起对神明的歉意。目的地的神明会原谅我吗？我暗自琢磨，脑海里浮现起出发前两天的场景：卡卡哭着说"最后一次月经开始了"。不知出于何种缘故，小兔与卡卡的经期几乎是重合的。

换乘后有了一个多小时的闲暇。事到如今，

我不再刻意避免使用网络了，随手刷起 SNS 的实时内容，刚好小野莓发了一些碎碎念："鼻子的毛孔堵塞严重严重超严重。""已经脏到不好意思给任何人看了，要不要发上来呃。"紧接着，好几个人很活跃地回复了她："哎呀，是吧？再怎么好好清洗都消除不了啊。""别发啦笑死。""干脆小野莓的人设就用草莓鼻吧。"小兔顺势截了张图，简短地配文："笑了。"不一会儿就收到了三个点赞。因为关注的圈子里都是女生，常常会聊到化妆和穿搭，时不时也会提起草莓鼻和青春痘之类的尴尬话题。

这次启程前，小斯图华特发了一条："最近我朋友告别处女了，她平时是个超级老实的孩子，真是吓了我一跳。"这让时间线上一度热闹起来。阿绿姐二十来岁，平时总在发男朋友的牢骚，她表示"我第一次是十五岁，倒是没什么感慨啦"，发出来的瞬间就收到了五个赞。小兔也点了赞。圈里都是关注者很少的小号，以往的碎碎念大概也就一到三个赞，不过像这样互相吐槽时会达到五至八个赞。稍稍沉寂了一会儿后，舔舔小布丁发出的"阿绿姐真早……太早了吧"又收到了四个赞。"我的初恋就是现在的男朋友嘛。""大家都有过经验了？不过我们中间还有初中生吧，欸。""说什么话，真不把我这种万年异性绝缘体放在眼里啊。"虽然没什么露骨的话，但几乎每个人都冒了泡，那些剧团演员的头像、花花草草的头像忽然都生动了起来。看着看着，我关掉了软件。外面似乎传来了救护车的声音，这才发现房间里闪烁着逐渐远去的红色灯光，身体下方发出血潮流淌的声音，即使蜷缩成一团仍然能听见。

耳朵深处的血流声中，忽然混入了车辆驶近的声音。小兔能听出来他正在一点点倒车入库，猛地想起嚯啰还在后院玩，急忙掀开毛毯跑下楼。途中一脚撞到塑料洗衣篮，里面的衣服还没来得及晒，于是我一把拿起，从后门走了出去。恼火的是，托托先我一步进入了后院。这个时候的嚯啰已经长到了十公斤重，性格也很开朗，它明明是替代托托的离开被带来了这个家，却也机灵地对托托叫，还摇摆着尾巴表示喜悦。托托穿着牛仔裤，轻浮地敞开衬衫，刚跨过后院的栅栏就因为啰啰的飞扑而踉跄了一下，于是一脸无奈地笑着抚摸它，显然是注意到了小兔，却没想好该以什么表情面对我。他和曾经一进门就径直去佛龛上香的山健哥一样，总是先装模作样地疼爱一下啰啰，然后穿过我们家的后院。

按照约定，赡养费会打进银行账户里，但有时托托也会像这样来当面给，顺便带一些旅行时买的土特产。以前托托去旅行说带土特产，到头来几乎都是买给他自己的地方酒或下酒菜，很少有点心蛋糕。离开这个家之后，反而总是带这一类过来，真是滑稽又悲哀。

"土特产，拿着吧。"他吊儿郎当地说着，伸手的动作却难掩客气，这让我很不爽，于是只说"放那边吧"。没猜错的话，装有赡养费的信封应该也在里面。

"卡卡她……"他一开口，我就犹豫要不要告诉他卡卡住院的事，可他接着就说卡卡已经给他打过电话了。只不过卡卡没有告诉他最关键的医院信息，所以想来问问姥姥卡卡的状况如何。

明明不是背叛，我却莫名地感到被卡卡背叛了。除此之外，他特地来询问情况也让我有些惊讶。可来都来了，又刻意地什么都不问小兔，托托这一连串的行为简直让我不耐烦到了极点。

那些受到教育委员会处分的教师，被曝出私藏违禁药物的资深主持人等，原本态度趾高气扬，可一旦失去特权，怎么看都像在虚张声势，显得好可悲，让人无可奈何。我把明子花哨又廉价的连衣裙、侬的白衬衫、姥姥单薄的茶色胸罩分好，一一晾晒。托托无所事事，把大拇指插在牛仔裤兜里，身体轻轻地晃来晃去，看着我。我稍稍分散一点儿注意力，就忍不住觉得他可悲，险些就要将他视作身体内侧的一部分来接纳了。于是小兔冷冰冰地告诉他"姥姥在桧原",既没让他下次再来,也没提出帮他带口信。桧原是一家服装店,姥姥去那里是找老同学店长聊天的。

"怎么变得这么像卡卡,喂,你总算也找到男人了吗?居然在晾那种东西。"

看着小兔从洗衣篮里拿起一条扭成一团的蓝色男式平角内裤,托托开起挖苦的玩笑。他的音调里渗透着一种讨好,分明想不到话题,还以为这种调侃能缓和气氛,真的很讨厌。他给我的感觉简直和修学旅行组队时抽到跟小兔一队后故意大叫"没中奖"、暗地里将女老师分成"能上"和"不能上"的那种男同学一样。无意间听到那种话时,明明是熟悉的老师,小兔的脑海里却会浮现她们的另一副面孔,再愧疚也没用。无论是多么聪明独立的女人,都会被随意地编入这种荒唐且猥琐的对话中,这有多令人懊恼,侬能体会吗?

"是嗲嗲的。"可小兔的声音立刻被托托打断了。他撩起我给明子晾好的红色连衣裙说"都穿这么诱惑的裙子了啊"，眼尾笑得挑了起来，眼神在小兔和身后的裙子之间流转。小兔这才意识到，托托在脑内擅自让我穿上了那条裙子。我光着的双脚暴露在松松垮垮的家居服裤腿外，瞬间泛起了鸡皮疙瘩。我忍不住疑惑，卡卡被托托那种眼神盯住时难道不觉得厌烦吗？

嗦啰跑了过来，猛地撞向托托，它嗷嗷地叫着，大概是在展示玩具。小兔尽可能慢地晾起零碎小物，手帕、绳子、失去弹性的口罩等。托托先陪嗦啰玩了一会儿，意识到是自讨没趣后，说他自己该走了。

小兔抬了抬头，立即注意到托托手里拿着什么，急忙伸手将那东西甩在地上，趁嗦啰还没来得及吃掉迅速捡起，一把塞进了挂在后门的垃圾袋里。

"人吃的牛肉干太咸了啊。别随便乱喂。"

托托故作微笑的脸颊变得僵硬，仿佛山体瞬间塌方。他的右肩迅速向前探了探，小兔也条件反射似的抬起右臂遮住额头。

刹那间，我露出蒙混过关一般的笑容，却立刻感到后悔。想打就打吧，我这样想着，可是已经晚了。从一旁看，我们俩最终都不过是动了动肩膀而已，但侬应该也明白吧，那是想动手的人和试图让自己不被打到的人之间的动作。我一直在用冷淡的态度压制他，却在不经意间流露出恐惧的表情，甚至为掩饰恐惧而露出了笑容，这一切都让我无比厌恶，只觉得自己惨不忍睹，脸都没地方放了。托托的太阳穴渗着微微发亮的汗。我怒视着迎上他的目光，他率先移开了视线，留下一句"走了"。

囉啰绕着他的脚边跑，叼着骨头玩具发出叮叮当当的声响，托托看也没看一眼，扬起下巴飞快地朝车的方向走去。小兔只是呆立在原地。侬，小兔这个名字哪，可是托托决定的喔。他当时啊，用怪里怪气的关西腔说"兔年生的孩子就叫兔子啰"。小兔想起小时候被卡卡抱在怀里，卡卡的脸红红的，动不动就把这句话挂在嘴边。

小兔好恨。恨托托这样的男人，恨接受了这种男人的女人，恨他们生下的婴儿。我也恨自己。我是女人，在孕育生产中被擅自赋予了莫名其妙的性别，这是我最无法忍受的。我不想成为被男人牵动着一喜一忧、为男人哭叫的女人，我也不想成为某人的新娘、某人的卡卡。作为女人降临在这世上的不甘与悲伤，侬是不会懂的。

放在口袋里的手机响起了提示音。洗衣篮里还剩一条手帕，小兔却已逃避般地躲进了沾满指纹的手机屏幕里。本以为大家还在继续刚才的话题，但并非如此，讨论的气氛已经稍稍平静下来了。我也随手给舔舔小布丁发的"因为搭讪沾沾自喜、攀比性经验人数什么的，真的土掉渣了"点了个赞。我虽然没有发表观点，但这一条已经收到了十个赞，在我们这个由小号组成的圈子里算是很多了，还有人转发表示支持。"哎呀，就是说嘛，想做就做呗，到年纪了，是很平常的事，但没必要说得那么露骨吧。"看到小野莓的吐槽，小兔仍是一言不发地点了个赞。几个小时后，我发现阿绿姐因为舔舔小布丁和小野莓的发言拉黑了她们俩。小兔没有被任何一方拉黑，因此在时间线上能同时刷到双方发的牢骚。阿绿姐言语间的攻击感渐渐变弱，原本稍显刻薄的自信语气也变成自言自语般的抱怨。"人家也没办法嘛。""就是很寂寞呀。""我也知道那种事根本无法疗愈。"大家似乎都不知该如何回应，点赞的数量越来越少，阿绿姐刷屏般地唠叨起了"遗物"呀、"旧相册"之类的话。过了一会儿，一条"今天是妈妈的忌日，我得去扫墓了"决定性地震住了大家。

石沉大海般的寂静，用来形容 SNS 实在很形象。原本大家的实时内容就像河川一样流淌在主页。直到刚才，大家还有一搭没一搭地聊着皮肤状况、上司、最近喜欢的舞者、宠物，因为那条内容，一下陷入了寂静，不知所措地又给阿绿姐点起了赞。对当前状况一无所知的舔舔小布丁和小野莓仍然热烈地讨论着各种廉价唇釉，她们反而变成了"不会读空气"的人，稍微有些讽刺。

看着口无遮拦的阿绿姐，小兔的整颗心都被明确的忌妒感支配着。为了忍受不幸，只有沉浸于"自己是周围所有人中最不幸的那一个"这一错觉中。一旦这种悲剧身份被夺走，就会陷入无能为力的局面。对小兔而言，无论发生什么，都能用"活着就好"这短短一句来概括自己的状况。渐渐地，或许真的变成了"活着就好"。

明子的眼神很有力量，这正是源于她相信自己是最不幸的那一个。夕子阿姨在她年幼时离世，她的托托浩二叔叔也独自前往美国工作。如果再坏心眼一点地想，疼爱她的姥姥和哆哆也日渐糊涂了，再过十年，天涯孤独，孑然一身，正是完美的悲剧。明子的眼里，一定完全没有我逐渐崩坏的卡卡和家庭吧。若非自身遭遇不测，肉亲之死是每个人迟早要经历的。可是四十多岁的人失去七十多岁的至亲，很少会有人觉得可怜，侬不觉得这样很不讲道理吗？卡卡随时有可能同时失去嗲嗲和姥姥，这难道不可怜吗？

明子以"比自己的遭遇要好"为由，将周围的人随意地踢到一边。寄居在她漂亮的单眼皮里的眼瞳，与我今早在电车上偶然遇见的婴儿那双信任母亲的黑亮眼瞳如出一辙。相信不幸的眼睛也好，相信幸运的眼睛也罢，是什么都无所谓，总之，那种映着内心信仰的眼睛令小兔忌妒到变形。

小兔对卡卡的信仰却在不断地消失。升学考试失败后，小兔开始拒绝卡卡的撒娇。卡卡因此渐渐地远离小兔，转而对总是一脸漠不关心的侬撒娇了。

例如，卡卡会在病房里自顾自地说"中药"的事。侬也知道吧，卡卡是中药的拥护者，以前就经常在厨房窗帘的背面悬挂一些晒干的人参或蚱蜢。我虽然无法相信那些东西被捣碎后可以入药，但医生开在处方里的中药的确有效。算了，随她去吧。问题是卡卡言语间的不屑。对于医院开的药，卡卡总会喋喋不休地挑刺。一开口就连着唠叨好几分钟。每次去探病，都逃不掉她的中药讲座。

"适合小兔的中药，我心里倒是非常有谱，但适合阿光的中药，可能是不同的类型啊。"

远方传来鸟鸣。虽然不见其踪影，但看着卡卡身上颜色像蜜瓜苏打般的病号服，想象中的那只鸟也变成了浅绿色的。卡卡把营养餐里的白身鱼推给依，说她吃不了，依默不作声，开始把鱼肉和鱼骨分开。

"阿光也要喝中药喔，今天。"

依回答"唔谢"。依应该没察觉到自己的口癖吧。依不会说完整的谢谢，一开始总是有气无力地发出"唔"的轻哼。卡卡叹了叹气，手握着筷子在碗里蹭了两下，白白的土豆被碎成了小块。

"阿光要吃土豆炖肉吗？"

"不要。"

"为什么？"

"唔，没什么为什么。"

"那，不要就算了。"

卡卡的语气像在闹别扭，接着把目光投向了小兔。她那夹杂着淡绿色的褐色虹膜使眼珠看起来格外明亮，可冰冷的声音却传递出完全相反的情绪。卡卡直接用"你"来叫小兔。

"半夏厚朴汤，我觉得半夏厚朴汤最适合你。不同的人啊，适合服用的中药也是不一样的。怎么说呢，性，我听过关于性的说法，指的是人与人之间的相合性。小兔和托托，是很相近的呢。而卡卡和阿光相近哦。"

小兔还没来得及反驳，倒是用筷子乱戳白身鱼的依抢先嘟囔了一句："我不觉得。"依的声音哑哑的。我稍微痛快了一点，即便如此，心头仍然萦绕着不悦。人们提起亲属或亲子间长相、性格是否相似的话题时，往往只是为了摆正自己的存在，至于到底像不像，那些人根本不会在意。

小兔通过小升初考试进入重点学校的那段时间，姥姥频繁地说："小兔和我真像。"这样一想，卡卡所谓的"适合的中药"其实是为了划出明确的分界线，小兔和托托在一边，侬和卡卡在一边。侬满不在乎地疏离卡卡，她先是小声地嘀咕了一句"我不明白"，接着又拉高嗓音，"反正只是我一厢情愿这样想吧"。

"小兔和托托，或许是相近吧，可我觉得，阿光和卡卡完全是不同种类的生物哪。"小兔继续阴阳怪气地刁难她。卡卡较劲儿了，侬却放下筷子，面无表情地看起了手机，完全是一副事不关己的模样。

"或许是不同种类，但相近就是相近，算了，说我们有相近的部分最贴切吧。所以卡卡才觉得呀，比起什么托托、什么小兔，还是我和阿光更相近吧。喂，阿光很优秀吧，没错，真是不甘心哟，好不甘心哟，输给了弟弟，这位姐姐，好不甘心哟，区区一个落榜生，明明不肯学习，自尊心还那么强、那么强，对吧，充满谎言的浑蛋落榜生，那么强、那么强的自尊心有什么用。"

卡卡逻辑混乱的发言响彻了整间病房。依仅仅是制止了一句"别说了"。小兔懒得和她对骂，于是打开 SNS 写下："就因为我辍学，探病时被妈妈劈头盖脸地凶了一顿。""周围还有其他人在，真是莫名其妙，丢死人了。"惨白的灯光下，所有人都低下了头，只剩卡卡的筷子仍在发出声响。她戳起一块腌黄瓜，咯吱咯吱地咀嚼起来。惨白的房间里，时间流动得格外缓慢。

"呐，亲子关系，真是不可思议呢。"

卡卡忽然切换成电视剧女主角似的语调，脸上还挂起了笑容，她将刚才从商店买来的热牛奶倒进还盛着腌黄瓜的盘子里，用勺子刮起浮在表面的奶皮，舔食起来。小兔明明没有吃，却感到黄瓜的涩味与牛奶的腥味黏黏糊糊地混在了舌头上，真是要疯了。浅绿色的鸟又在鸣叫。"听不懂。"小兔嘟囔着走出了病房。不知为何，此刻的卡卡远比发狂时的她更令我生气。

卡卡没有再表现出明显的求死欲。几个月后，她出院了。然而没过多久，她忽然又说肚子疼。家里人原本以为她只是像往常一样闹事，采取了无视的态度，直到有一天，她脸色惨白地召集全家人，仿佛被宣告了死期一般对我们说："卡卡的肚子里长了肿瘤，必须做子宫摘除手术。"她虽然脸色很差，却露着一丝难以言喻的得意。

"卡卡，实在，太痛苦了。真的，很痛苦。我一直在忍受，已经到极限了，无法忍受了，太痛苦了啊，好想死哟。"

卡卡情绪激动，被她自己的台词催出了眼泪。又是这种哭法，我真的厌烦了。为什么这个人觉得只有她在因为托托而痛苦呢？坊间八卦里常常会出现无法与家暴男分手的女人，小兔对这种人毫不关心。虽然无感，却完全无法接受这种病态的关系，磕磕绊绊直到结婚，还延续出新的生命。卡卡根本没有与她年龄相符的心智，每次目睹她滥服药物后呕吐、握着菜刀在墙上乱刺，或试图吃会让自己过敏的花生，我都会憎恨。为什么被折磨到这种程度，却没有及时在生育前逃离？为什么这个人总说想死想死却没有去死？每当她叫喊着想去死，小兔的心里也会映射出同样的情绪，真的，好痛苦。我一直在忍受，太痛苦了啊，小兔身体内侧紧绷的肉块也在叫喊着："好想死哟。"

"真吵啊。"姥姥忽然说。似乎考虑到邻居的感受，她关上起居室的窗户，接着窝进了自己的房间。此后，姥姥没有再出来。

卡卡愣愣地张大了嘴巴。正如婴儿面对恐怖事物时下意识后退一样，她那撒娇般的表演式啼哭瞬间平息了，变得像无脸怪一样面无表情，吸了吸通红的鼻子。接着她闭上嘴，脸颊紧绷，似乎是发怒了，鼻腔发出短促的吸气声，嘶、嘶。小兔在胸口深处跟着吸气，嘶、嘶，几乎快要窒息。

想要倾吐压抑在身体内的空气，小兔抱着快要炸裂的胸口，站起了身。有多少怜爱就会转变为多少憎恶，我决不能同情她。

　　即使决定了做手术，卡卡仍然夜夜酗酒，叫喊着好想死。同时，卡卡又莫名地飘飘然，故意挑刺小兔做的家务，然后自己做，还会在深夜牵着嚁啰出去散步。手里的活儿变多了，卡卡逐渐察觉再怎么尽力忙起来也是有极限的，只好利用小兔来自残。毕竟明子基本不在家，哆哆和姥姥已经耗尽耐心，侬也冷漠得一如既往，只剩小兔会搭理她了。小兔会安慰她、劝解她，陪她吵到天翻地覆，然后哐哐当当地踩着台阶上楼，到二楼时发现通往阳台的门没有关，小雨正淅淅沥沥地往里飘。我用穿着厚毛线袜的脚擦拭地板，接着关上那扇门，扭紧了锁。我把脸埋进一股灰尘味的床里，正想在 SNS 上发牢骚，却被人抢先了。阿绿姐病了。"想起和妈妈一起去看剧团公演，太怀念了，忍不住哭。""讨厌装作感同身受的安慰，完全是地雷。""药，一颗接一颗。""打工的前辈完全是温室里的花朵，搞什么啊，我说想死，他却问我世界上有多少小孩，现实生活里居然真的有这种家伙。""结果还是图我的身体。""只有通过性交来排解寂寞，太搞笑了。""只知道埼玉情趣酒店的蠢男人。"她写了一条又一条，满满地覆盖了实时内容。所有人都无言以对，到头来只有点赞数在增加。

关了阳台门却还是隐约地感觉冷，这才发现房间的窗户还漏着一条小缝，灌进来的冷风裹挟着细细的雨滴。我的耳朵很凉，身体却很热，大脑也很热，内脏仿佛在沸腾，好痛，好痛，痛到无法忍受。小兔任凭冲动驱使，一股脑儿地发送着："妈妈查出了病，要手术了，好像很危险。""还不知道能不能得救。""怎么办啊。"

刚刚好，覆盖掉了时间线里的阿绿姐。其实那个手术基本上是不会有生命危险的。可小兔在写下那些话时才第一次想象坏的情况。想象着不再有卡卡的世界，顿时涌起呕吐的冲动。所以，我并没有说谎。实时内容里一片寂静，只有我的手指还在轻飘飘地按动。小兔倾诉着没有退路的话，后颈忍不住地打了个寒战，胸口像被堵住一般呼吸困难，但无法停止用文字呐喊。倾吐完心情后，身体的温度似乎被那股寒意夺走了。即便如此，我的目光仍然扫视着发出的言语，在心中反复咀嚼，渐渐地觉得那些话的主人"拉比"似乎真的存在，而她才是真正的我。这段时间，我差点失去了对卡卡的怜悯，直到设想手术可能存在危险、卡卡可能无法得救时，那种怜悯才终于又涌上了心头。

我唐突地想起，将卡卡与托托联结在一起的正是小兔。出生这件事，从一个女人染血的双腿间降生于世这件事，意味着在一个处女的身上刻印伤痕。让卡卡无路可退的人，既不是托托，也不是在托托之前或许存在过的男人们，而是我自己。卡卡精神失常的根本源头，是她最初生育的女儿，小兔。

*

　　车厢里播报起"伊豆什么什么"的站名，小兔睁开了微微眯着的眼睛。所谓伊豆，即静冈县的伊豆半岛，可是，明明应该已经来到爱知县或是三重县一带了啊。我似乎犯了什么不得了的错误，不安瞬间笼罩了我。幸好，只是把"伊势中川"这个站名听错了。这边已经看不见名古屋的那种高楼了，到处都是矮矮的房子，或许有些失礼，但我能想到的形容词就是一片萧条。午后浅金色的阳光覆盖着家家户户，乘着电车经过的瞬间，眼前出现了屋檐、褪色的招牌以及电线杆等闪烁的银色光芒。身处封闭的车厢内，虽然吹不到风，可看着晾晒的衣物微微摇摆，我猜想穿行在这片大地上的风一定混杂着尘土与花粉的气味，温温的，怀旧的，令人晕头转向。远处晾晒着好几床看起来湿气很重的被子、印着卡通人物的 T 恤以及随风摇摆的内衣内裤。接着经过了某所小学，外墙的油漆已经斑驳了。随后是理发店、公寓招牌，再后面是一处发黑的红色标识，旁边还停靠着一辆老式自行车，后座上堆着蔬菜。绑在白色卡车上的梯子隐约探出货厢，公寓门口留着曾经挂有名牌的痕迹，邮筒整齐地排列着。我眼前片刻不停地流淌着风景，常常来不及意识到那是什么就已经错过了。对陌生小镇徒生的怀念，让我的呼吸都变得苦涩了。

抛下一切来到这里，有种上当的感觉。我实在无法认为住在那些房子里的人会过着幸福的生活，露出快乐的表情。我甚至毫无根据地感受到这座小镇里遍布着孤独。小酒馆的女店主在昏暗的灯光下很美丽，可一旦走到室外，脸上的痘痘与色斑就无处遁形。她养在后门的狗看起来也营养不良。大叔坐在超市卖场与停车场之间的楼梯平台上，狼吞虎咽地吃着一百日元一袋的六根装巧克力面包棒，动作隐约有些躲闪。有钱的学生大白天就逃课，坐在便利店的饮食区玩手机。药妆店里，女人拿起货架边缘的试用品毫不客气地化着妆，接下来要去偷情。妻子早逝的家中，老男人盯着字幕，观看静音模式的围棋节目。半空中纵横交错着无数的电线，将小镇牢牢束缚。几十年后的未来，卡卡若还活着，似乎就存在于其中。

街头巷尾，人们的绝望被带着阳光颜色的风肆意蹂躏，又如浪潮一般缓缓地包裹起小兔。我不禁想，为什么？我想不通，明明是离神明很近的地方，为什么会是这么寂寞的景象？

忽然，脑海里响起了声音："喜翻卡卡吗？"从很久以前，卡卡便经常这样问我。将"喜欢"说成"喜翻"，真是撒娇的温情时刻。

小兔不想看见。不想看见老去的卡卡，不想看见她失去嗲嗲、姥姥和嚁啰后的晚年。侬会建立家庭，小兔也会出门工作，而卡卡被独自留在家里，泪水打湿了她的手指。她一边翻看裁缝杂志，一边咔嗒咔嗒地踩着缝纫机，缝制没有任何人会穿的裙子。我不想看见。在那样的某一天里她倒下了，鼻子周围缠绕着细管，在惨白的病房里苟延残喘，脸上的泪痕干了一道又一道。这样的卡卡，我一点儿也不想看见。与其如此，倒不如让卡卡在我小时候，在她仍然拥有温柔与威严的时候，作为我的神死去。这个国家有多少人，会在看护父母走至人生最后一程时，像这样一边祈愿一边设想陪父母一起死呢？

　　腰部酥酥麻麻的，仿佛通了电。我看着眼前的景色，意识到夕阳正持续西垂。呐，说这种话或许会引起天怒，可我觉得这里已经没有什么神或者佛了吧。若是在神明的注视下，怎么可能这样寂寥？

又到站了。晚霞之下，风飒飒地拂过我的脖颈。做过蛋白矫正的头发本来是直直的，但被汗湿过后，两鬓的碎发又变成了自然卷。我将翘卷的发丝一圈圈地缠绕在手指上，轻轻地拉扯，百无聊赖地打发换乘时间。云层瞬息不停地流转，云隙间不时洒下细碎的光，转而又变得一片阴郁，令人难以捉摸。

稍坐一会儿后，车抵达了多气站，那是最后一次换乘，剩下的便只有三个多小时的漫长等待了。读了读书，打了打瞌睡，点开地图软件想确认一下现在的位置，却发现无法启动。不仅是软件，连浏览器里一直开着的换乘信息页面也静止不动了。我这才发现，屏幕上出现了无信号的标识。幸好刚才截图了，没有网也能看，可瞬间萌生的恐惧还是让我背脊发凉。

"无信号"是现代恐怖故事里常见的构成要素。从瞌睡中醒来，发现乘务员消失了，列车不断地向前行驶，想确认位置却根本收不到信号。

在雪山小屋里遇难，被卷入灵异现象，因为收不到信号而无法与外界取得联络。电车已不再是安全区了。我觉得自己来到了很遥远的地方，比过去坐十几个小时的飞机才能抵达的欧洲国家还要遥远。

小兔忽然感到心虚。我预想过如果在山中，确实很可能没信号，但完全没料到车厢里也会断网。车窗外的房子忽然失去了高度，越来越多的民房闯入我的视野。由于后方不再重叠着薄如纸的山峦之景，建筑本身的重量感释放了出来。它们威慑着我。我注意到几座被干枯的爬山虎缠绕的建筑，只勉强认出"市民会馆"几个字。建筑表面涂着好几条像血一样的红褐色竖线，看起来和废墟没什么两样。我忽然想起小时候深夜上厕所，微亮的走廊里回荡着冰箱嗡嗡的声音，我每次都被吓得飞快地穿过起居室。那种原始的恐惧在此刻苏醒，诡异地勾起了我的怀念。半山腰上，好几棵树寂静地呈现着倾倒之势。裸露的地面上铺着许多蓝色防水布，路旁生锈的面包车，能隐约地辨认出是绿色和白色的。山间竟然还建有铁皮屋顶的朴素小房子喔。

如果身旁有其他人在，多少能感到安心，可抵达纪伊长岛站时，视野里的所有人都下了车，小兔顿时六神无主。这辆电车只有两节车厢，我害怕面对自己身处无人电车的事实，甚至失去了窥探隔壁车厢的勇气。随着零零散散的人一次次上车、下车，夜幕降临了，窗外的景色也看不清了。渐渐地，我涌起半分恐惧、半分兴奋。那种慌乱的躁动实在很奇妙。在这个地方，说不定能如愿吧。这片让我陷入恐慌的土地，或许会有神明存在吧。所谓异国，说到底只是个架空的概念，一旦长久定居便不复存在了。自己出生、成长的地方永远无法成为异国。既然如此，我想去一个只存在于记忆与想象之间的地方，一个永远也不会定居的地方。所以，我选择了把这里作为旅程的终点。

据说伊邪那美[1]就住在熊野的那智。小兔想见一见生下了这个国度的母亲，伊邪那美。

正如独自承受人类祈祷的神明绝不能是人类，神明居住的土地也绝不能受到人智的开发。谁也不愿凭空去相信平平无奇的普通人吧。于是神与佛的手心长出了蹼，甚至能够起死回生。听说新兴宗教还有人体漂浮之类的招数。为什么需要那种表演，自然是因为不创造"奇迹"就无法成为超越常人的存在。毕竟人类的肉体根本无法承受那么多来势汹汹的祈祷嘛。人如果没有绝对神圣的信仰，就会转而在人类中寻求属于自己的祈祷对象。所以这个世界上也有不称职的神明，他们唆使未成年人喝酒，对未成年人施加性暴力，网络新闻上刊载着他们嗑药被逮捕那一刻的丑陋照片。随着孩子们渐渐长大，他们眼中的神明会变得满嘴牢骚、情绪失控，甚至表现出暴力倾向，

1　伊邪那美是日本神话中的母神。

最终在寂寞中老去。卡卡原本是小兔的神明，却因为生下了小兔而不再是神明。虽然她原本就是一个普通人而已。

我一直在思考某个问题哦。既然人会常常舍弃信仰，那么我想知道，重拾信仰是能够做到的事吗？人，能否再次信仰一度跌下神坛的对象？

小兔是在卡卡的腹部手术逐渐逼近时开始思考这个问题的。那天，卡卡格外精神地做了一餐饭。姥姥、嗲嗲、卡卡、明子、侬，还有小兔，我们一家人久违地聚在一起。"噢噢噢"，没人看却一直开着的电视里传来了观众含糊不清的起哄声。吃饭时餐具相碰的清脆声音此起彼伏，使用多年的保鲜盒已经变软了，掀开盖子时会发出"砰"的一声。炖魔芋丸子被做成了凉菜，小兔试图用筷子夹起一颗丸子，它却滑溜溜地从盘子里弹出去，落在了桌面上。小兔直接用手抓起来吃掉，没有任何人唠叨我。

姥姥夹起了几根炒面，并不吃，只是反复地夹起又放下。忽然筷子停住了，她开口问道："木鱼花为什么会跳舞哪？"雨从昨晚起就一直在下，一辆摩托车轰鸣着驶过了我们门前湿冷的道路。

不知是因为房子正对着马路，还是单纯因为刚才那辆摩托车的驾驶比较狂野，抑或是冬夜清冽的空气让原本寻常的声音变得格外响亮。怎么关都关不严实的老旧磨砂玻璃窗、渗雨的生锈屋顶、薄薄的墙、潮湿的走廊木地板的缝隙间露出来的黑色污点，家里的角角落落都沾染了冬日气息。小兔悄悄地瞥了一眼姥姥，她一副老年人特有的面无表情的模样，格外显年轻的皮肤上浮现着泄露年龄的色斑，像意外滴入水中的油一样多余。

卡卡站在灶台旁，似乎没听清。她关上水龙头，"欸"了一声。排气扇就在卡卡的头顶上方，也难怪听不清了。等了一会儿，姥姥没有回答，小兔只好代替她说："是在说木鱼花。"

"姥姥问，木鱼花为什么会跳舞？"

"啊啊"，或许是为了不输给排气扇吧，卡卡先大声地应了应，表示自己听懂了，随即又稍稍压低音调反问"为什么呢？"侬原本只顾埋头吃最爱的炒面，忽然像是想说什么一般，猛地抬起了头，沾在下巴上的肉渣顺势掉在漆质的桌面上。侬耸了耸肩，又低下了头。侬伸手捡起肉渣，像偷吃似的迅速塞进嘴巴里。明子才吃了两三口，瘦削的下半身就钻进了被炉，背靠墙壁玩起了手机。整张餐桌，只有一脸苍白的她化着完整的眼妆。她薄薄的眼皮透出发青的血管，眼珠的每一次转动都会让粗糙的亮片反射出银白色的光。至此，似乎没有人继续在意木鱼花了，然而过了一会儿，姥姥又心血来潮地问侬："侬啊，工作还顺利吗？"

侬诧异地睁大了眼睛，倒是小兔抢先开了口："讨厌啦。"

"阿光还没工作，他才高一啊。"

"噢噢，高中生。"

隔着地板，我感到了底下沥青地面的冰凉。餐桌上又响起了姥姥拨动筷子的声音，始终在一旁沉默玩着手机的明子似乎是嫌吵了，猛地站起身，将炒面盘子和味噌汤碗推向了矮漆桌的中央，发出了更吵的声音。明明没动什么手脚，炒面上原本轻轻舞动的木鱼花却无精打采地蔫了。

"吃饱了。随便谁吃吧。"

"那我要吃了。"侬伸出了手。

"会胖死哟。"明子只是习惯了这种带刺的口吻，并非不允许侬吃。

"这就不吃了吗？不吃饱不行唷，明子本来就太瘦了。"卡卡探头说道。

"可吃起来像橡胶一样啊，姨母做的炒面。"

"五号台风，算是大台风，还是小台风呢？"

姥姥发问时，正将炒面送进口中。没来得及吞食的面条，像胡子一样垂在嘴边。我虽然疑惑她为何在这个季节提起台风，但还是告诉她："不是呀姥姥，五号指的不是大小，而是登陆的顺序。从正月开始算，最早登陆的是一号，随后登陆的是二号。"姥姥听完，嘴唇轻颤着应了一句："噢噢。""我去趟便利店。"明子的语速很快，说完又突然回头，"据说是因为不均匀。"

"木鱼花啊，因为硬度不均，吸收热蒸气的程度也有差异，所以会轻飘飘地摆动，像跳舞一样。"她朝姥姥举起了手机，屏幕的右上角有一些裂痕。最近开始犯糊涂的姥姥，用她那浮现着灰青色斑点的眼睛，深深地看向了明子。

"明子，懂好多呢。"

明子似乎轻笑了一下，露出了难得一见的虎牙，然后戴上了耳机。她披上粉色大衣后出去了。听见玄关传来的关门声，我用筷子狠狠地将木鱼花拌进面条里，咀嚼着她说味道像橡胶一样的炒面。小兔吃的明明是自己的面，却感觉在吃她剩下的。姥姥叫了好几次明子的名字，却完全不像之前那样叫小兔和侬的名字了。说不定她已经记不得我们的名字了。

"侬啊，工作还顺利吗？"

姥姥又这么问。"不，我还是高中生。"这次轮到侬自己回答了。然而姥姥似乎没在听，她的食指伸向了明子那盘面的边缘，原本说好是给侬吃的，她却咔嗒咔嗒地将盘子拉到跟前，看也不看自己盘子里还没吃完的面，用筷子夹起了明子的面。姥姥沉默地吃完了那盘干巴巴的炒面，摆好盘子和筷子后站起了身。

"谢咯哟。"卡卡的声音很轻快。她拿起空杯子和调味料，打算放回厨房。就在这一刻，没充分咀嚼就将炒面硬吞进喉咙里的姥姥，突然拉高嗓门儿，口齿不清地问道："侬们是从什么时候开始在这工作的哪？"

紧接着，卡卡亲手切的卷心菜、胡萝卜丝从她的嘴里扑簌扑簌地被吐了出来。姥姥的眼睛的确看着小兔和卡卡，可是，那绝对不是看女儿和外孙女的眼神。排气扇的声音钻进了耳道深处，一时之间，其他声音都听不见了。

最先回过神来的是卡卡。依和小兔呆愣着，甚至忘了该怎么眨眼，而卡卡解开了绑在腰间的围裙，缓缓地退回了厨房。

隔断帘上布满了飞溅的透明油渍，我用鼻尖轻探，果然看见了卡卡呆立的身影。她望着起雾的玻璃出了神。我刚关上水龙头，便察觉卡卡湿漉漉的手正轻轻颤抖。彼时，她肉嘟嘟的手臂上还没有削皮刀刮过的明显伤痕，不过能看见四处红色的印痕，像是指甲深深嵌入皮肤后留下的。她将一旁黄色的洗洁精挤入碗碟中，久久地沉默着。"没办法啦。"她拼命地压低声音，"果然，没办法啦，这种事。"

"我来刷碗，你先去睡吧。"

卡卡仍然望着窗户，梦呓般地嘀咕了一声："谢谢呢。"随后，她用更沙哑的声音又说了一遍谢谢。小兔已经长得比卡卡还要高了，她把手探入我的发丝深处扶住了我的头，嘴唇轻颤着，发出野兽般的喘息声。她的大拇指在小兔的太阳穴和额头之间来回抚摸。我的眼睑周围被反复摩擦，融合了卡卡体温的洗洁精泡泡逐渐渗入眼睛里。明明痛到不行，小兔却竭力地睁着眼。或许是预感到这一辈子再也无法看见卡卡精神错乱前的脸了吧。在与这张脸诀别之前，我想好好地将它记录在脑袋里。我似乎终于理解了明子透过棺材的小窗口凝视夕子阿姨时，为何会变得无法动弹。明子绝不是在发呆，而是在记录，将那张脸深深地刻印于自己的灵魂。卡卡用力地睁着双眼，下垂的眼角仿佛要绽开了，以往泛着蓝色的眼白充起了血，浅色虹膜也跟着微微地颤动。她鼻尖的毛孔敞开着，干燥的脸颊上似乎覆盖着一层细细的绒毛。她用夹杂着几分喊叫的声音问我："小兔，喜翻卡卡吗？"她的左手心像在确认形状似的捂住了我的脸颊。沾在睫毛上的洗洁精泡泡让我的视野边缘摇曳起多彩的光。微湿的头发与排气扇的声音包裹了我的耳朵。

我说:"我爱侬喔。"卡卡"嘶"地屏住了呼吸。这句话如同对端坐着等饭吃的囖啰说"可以喔",就在这一刻,小兔给了卡卡允许她精神错乱的讯息。小兔被紧紧地抱住了。得知自己已获得原谅的卡卡发出叫喊声。那是断断续续的悲鸣,高亢而沙哑。她似乎用恸哭的方式企图放弃眼里将要看见的和已经看见的一切,小兔也哭了,用全部力量抱紧了卡卡,腰部果然又泛起了强烈的麻痹感。当时留在家中的侬、姥姥和嗲嗲对此做出了怎样的反应,小兔一点儿印象也没有。那时候的小兔,眼里只剩卡卡一个人。

我只觉得心疼到极致。我用身体感受着卡卡持续叫喊时传递的悲哀。身体紧贴着被热泪洇湿的衣服,摩擦时传来了灼热的刺痛感。在滚烫的心里,小兔听见了卡卡的独白。这是卡卡自出生以来无数次在孤身一人时重复的独白。"姥姥她啊,对我说过'因为夕子没有玩伴很可怜,才顺便生下了侬',卡卡是作为附属品被生下来的喔。

姥姥所有的爱，几乎都倾注给了我的姐姐夕子，所以，卡卡想要被人爱，想得不得了，我以为托托一定会爱我，于是和他结了婚，却还是没能如愿被爱。卡卡与托托之间，明明有小兔和阿光两个小安吉连接着，托托却还是和其他女人出轨，离开了这个家。夕子姐姐通过死，永远地拥有了姥姥的宠爱，姥姥继续爱着她留下的明子，在忘记外孙女的名字之前，先把女儿卡卡忘记了。小兔和阿光也对卡卡感到厌烦。不被任何人牵挂的卡卡，要独自上手术台了喔。我说，真的已经到极限了啊，卡卡究竟是为什么活到了现在啊，既然会这样忘记我，那姥姥当初为什么要生下卡卡啊，为什么，为什么啊，为什么死的是夕子姐姐而不是卡卡啊，好想死哟，好想死哟，好想死哟……"惨叫持续着，几乎刺破了我的耳膜。混乱的叫喊声将我的细胞逐个击毁、溶解，视野被鲜红的血覆盖，或许是某处的血管破裂了，血让我一时间失去了视觉。这样就好。我可以心无旁弩地抱紧发狂的卡卡，竭力阻止卡卡的灵魂从身体里跑出来，这已经是我力所能及的全部。

　　侬应该不理解，小兔为什么对卡卡这么留恋吧。小兔确实憎恨着卡卡。小兔将辍学变成无业游民这件事归咎于卡卡，事实上她的确该承担不小的责任，她总会大吼着责备我，搅乱我的学习，动不动就胡乱发出娇嗔的叫唤。我向学校的老师倾诉"母亲让我陷入了烦恼"。我在 SNS 上也写了不少类似的内容。所有人，一定都觉得小兔讨厌卡卡吧。即便如此，我仍然希望侬知道，小兔其实比任何人都更爱卡卡。虽然小兔同样是最恨卡卡的人，可是比起整天围着母亲打转的那种跟屁虫小孩，比起失去夕子阿姨后始终沉浸在不幸中的明子，小兔对卡卡的爱一点儿也不会输。我希望卡卡一直是美丽的模样。小兔只爱卡卡，这种爱既不是恋慕也不是欲望，真的。卡卡以前总会一边梳理小兔的发丝，一边说我是她的小安吉，如果可以，小兔真想成为祝福卡卡的天使啊。卡卡，卡卡，我最喜欢的卡卡，可现在的卡卡完全变污浊了，她变得自私又恼人，总是刻意地哭，我有时会恨到想杀了她。一切都为时已晚，小兔可能会忍不住杀了卡卡，不是物理意义上的杀哦，我不会那样做的，也做不到，但我可以抛下她，使她孤身一人，将她送去某个遥远又冷清的小镇上等死。出于厌烦，我去医院探望她的次数越来越少，渐渐地，卡卡变得像不被任何人带去散步的囉啰。如果她向我哭诉寂寞，我一定会怒吼，你根本不知道我的工作有多忙多累。然而卡卡寂寞，小兔也会寂寞。越是疏远，越是焦躁，恨意也因此不断加深。直到多年后的某一天，我忽然收到卡卡的死讯，立即慌慌张张地坐上电车，辗转去见她。死去的明明不是小兔，我却可以看见走马灯。我猜，卡卡应该会死在恬静到令人恍惚的春天里，我呆滞地眺望着窗外流淌的景色，脑海里浮现起明子出现前的春日记忆。那是樱花树下的记忆，因为花粉过敏，小兔一直在吸鼻子。

我们坐在金灿灿的阳光里，品尝卡卡准备的便当。卡卡捏了一口一个的"圆乎乎小饭团"，为了方便我们吃，还用保鲜膜一个一个地包了起来。侬闹脾气时把饭团扔了出去，托托又捡了回来，上面已经沾满了春天温热的泥水。他大吼着"吃掉"，硬是将脏饭团朝侬的嘴巴里塞。"别这样啊。"卡卡试图维护侬，却被托托一把推开。小兔也学着卡卡上前阻止，反被卷入其中。最终，托托用他沾着泥和米粒的手揍了小兔和当时只是一个小不点的侬。托托恶狠狠地咒骂着，将我摁入泥泞里，湿湿的发丝贴在脸颊上，口腔内侧充满了土与血的味道，视野里，樱花花瓣正轻盈地飞舞。明明是挨了揍，却总是作为幸福的记忆被我想起。就这样，我后悔着至今为止的一切，下了电车。我拖动身体在弥漫着消毒液气味的医院里移动。空空如也的病房里一片洁白，我看见了孤零零死去的卡卡。她在哭，她的鼻子周围缠绕着细管，流着泪离开了人世。小兔利用寂寞杀死了卡卡。

想象这些场景，小兔第一次产生了想要怀孕的念头。可就算死，我也不想要所谓的下一代，我只是想生下卡卡，生下她，然后从零开始养育她。那样一来，一定能够拯救她。我会不厌其烦地叮嘱她千万不要犯生下小兔这种错误，不惜一切地将她守护得如同婴儿一般纯净。虽然我憎恨女人产下婴儿、成为母亲的宿命，也一点儿不想成为谁的卡卡，可如今，我能相信的只剩下这种可能了。

　　小兔开始觉得宗教和超自然现象都不可信了。为什么男人与女人性交会创造出新的生命？这种事反倒更像超自然现象吧。

　　对性行为抱有抵触心理，这在青春期是很常见的吧，可小兔无论怎么成长，都无法摆脱这种抗拒。我就是无法接受。婴儿与母亲的相遇为什么必须经历那种过程？为什么小兔只能通过剥夺卡卡的处女身才能遇见卡卡呢？

　　小兔想用不伤害卡卡的方式遇见她，仅仅是

为此，小兔想怀上卡卡。

　　等待着我们的未来，虽然寂寞却也稀松平常，谁也不会为此悲伤吧。自然也得不到任何人的怜悯吧。毕竟大家都很寂寞。每一个人都在为自己而寂寞。既然没有神明为我们寂寞，就由小兔来成为我们的神明吧。这是我唯一能够想到的救赎了。

　　卡卡的手术正在一分一秒地逼近，小兔心怀祈祷，必须抓紧时间踏上旅途。

*

抵达终点站新宫。明明是冬天，空气却异常湿润。在夜色的笼罩下，周围几乎什么也看不清。我路过了一个喷着红色涂鸦的车库，若背景换成横滨中华街倒是一点儿也不可怕，而此刻的我却出于恐慌加快了走向酒店的脚步。窝进床上之前，我先给手机充电，然后连上了 Wi-Fi。今天没怎么用手机，电量还剩 30% 呢。接着我脱光全身的衣服，简单地冲了冲澡，用剃刀在皮肤上划了划，根本没什么可剃的。一整天都没有时间吃饭，镜子里的身体看起来比以往要瘦一些。

走出浴室后，我看到了来自明子的未接电话。

我担心是卡卡的病情有变故，顾不得身上只穿着内裤，就忐忑地给她回了电话。不过，皮肤直接接触被子的感觉很舒服。

"小兔？"

电话拨过去不到三秒，我就听见了她含糊的吐气声，不禁有些愣住了。

"小兔，能听见吗？"

"怎么了，卡卡的事？"

"手术是明天对吧？既然有好好去医院治疗，应该没问题吧，但还是不放心。"

或许是错觉，明子的声音听起来是温柔的。

"于是就想去看看她呢。"

大腿内侧贴着的毛毯，原本看上去像小狗的毛一样是浅褐色的，时而又变幻成富有光泽的绿，仔细看又恢复成浅褐色。我恍惚地想，那个明子居然说要去探望卡卡。毛毯在眼里又映成了绿色，诧异之感也缓缓地浮上我的心头。

"真不像你啊。"

"就是觉得有些抱歉。我带点慰问品去哦，照旧买些点心比较好吗？"

或许是经历过夕子阿姨的离去，她在担心我吧。明明一直以来，无论小兔的家庭关系如何崩溃，明子都只是冷眼旁观，然而此刻，我竟然会觉得她在担心我，连我自己都忍不住吓到了。我想，这大概是因为看不见明子的脸吧。

"随便带什么都行啊。"

丁零，手机的提示音响了。我保持着通话状态点击查看，原来 SNS 收到了新消息。小由乃给我发了私信。"今天是小拉比的妈妈动手术的日子吧？你整天都没冒泡，忍不住有些担心。""或许是我多管闲事了，该怎么说呢，总之，希望她没事呢。"看到这里，我的胸口不由得热了起来。不知是羞耻心作祟还是罪恶感使然，抑或是单纯地感激她的关心，小兔也分不清楚。我回复她："不，是明天喔——""不过是今天开始住院呢。"

返回主页一看，小由乃在实时内容里也嘀咕

了好几条"小拉比那边没事吧"之类的话,还有好几个关注者跟着做出了反应。小兔选择了沉默,只是点了点赞。

因为在刷SNS,我的嘴巴稍稍远离了手机的收音处。明子或许纳闷我的声音怎么越听越远,所以不安地叫了声:"小兔?"随即又问道:"慰问品就买曙屋的饼干,可以吗?"

虽然没怎么听清,我还是回答"挺好啊",然后随意地躺倒了。

睡觉,起床,从新宫站坐到那智站。这里距离那智山大约十公里,虽然可以选择坐巴士,但那样,小兔的修行就不虔诚了。从一开始就打算徒步过去的。《那智参拜曼陀罗》[1]以补陀洛山寺为起点,所以我需要先前往这座寺庙。根据网上的资料,补陀洛渡海的舍身修行就发生在那智胜浦

---

1 描绘那智山圣地的宗教画,目的之一是引导参拜者的朝圣之旅。

这一带喔。修行者乘坐载有三十天粮食的船，朝南方的观音净土补陀洛航行。船颠簸于黑潮[1]之上，离岸越来越远。出于对净土的向往，将自己封闭于无处可逃的船中随海水漂荡，直至死去。怎么想都觉得这种事情不理智，可我还是想知道那些人是真心相信的吗？他们逐渐沉入深海死去时，是否仍然相信船能够抵达净土呢？

我把在便利店放大打印的地图卷起来握在手中，阳光的漫反射太过炫目，我眯起了眼睛，忽然被人从身后敲了两下肩膀，吓得瞬间冒出了冷汗。回头看见了一位老奶奶，她似乎想和我搭话，只见她腮帮子鼓鼓的，说话时不断地漏气儿，很难听清说的是什么。她的眼皮有两处凹陷，站在背阴里看起来暗暗的。那双小小的肿泡眼周围布满了细纹，像缝在泡泡纱上的线结。"那边啊，"她指向后方，收窄了嘴唇对我说，"刚才在那边的

1　即日本暖流，是北太平洋西部流势最强的暖流。

寺庙里啊，佛降临了。"接着不知为何，她发出像吐痰一般的笑声，翻起的土褐色嘴唇之间露出小粒的牙齿，黑洞似的口腔边缘积攒着白色的唾液泡泡。小兔下意识地屏住了呼吸，想忍耐她酸臭的口气。"这样啊"，我乖巧地点点头，其实因为口音，基本没听懂她想说什么。然而她说"那边"时，手指向了小兔地图上标示的寺庙方向，这确实让我察觉到一丝诡异。根据我事先的查询，这座寺庙的主佛像目前应该是收起的状态，但我抵达入口处时，居然看见门口胡乱地脱着好几双鞋。走至深处，一位男性仿佛在等待小兔一般朝我招了招手，好像是寺庙的住持。真是诡异。据说这天，一个与此寺庙有因缘之人的亲属从横滨来到这里，我也得以叩拜了这座寺庙里的秘藏佛像，那是一尊千手观音。自然，这次叩拜完全是小兔计划外的事情。据说这尊高高的千手观音是地位接近国宝的重要文化财产。还听说最近的道路开发引起了寺庙方的不满和反对。小兔保持正坐的姿势，心不在焉地听着，说不上有什么正在发生。这里洒满了柔和的光，佛像被收在一个如同棺椁一般的狭窄木箱中，那美丽的容颜，越看越觉得有种难以言喻的妩媚。我仰视着它，子宫里忽然像是有什么蠕动了起来。在双脚的大拇指隔着毛线袜交叠的瞬间，蠕动感更强烈了。这种感觉像不安，像焦躁，却又完全不同。与期待也有些相似。我盯着佛像腹部微微隆起的地方，根本无法移开目光。在这一刻，小兔有生以来第一次对佛像产生了欲望。我希望那纤细的手指伸入自己的秘缝，我想长出男人的性器，撩开它那华丽的衣裳，在它不知是否长着性器的大腿根部之间摩擦自己的器官，让它浮现着淡淡微笑的嘴唇扭曲，将自己的手指缠绕在它纤细的手臂与指间。我想在它微微隆起的腹部里播下精子。交叠的大脚拇指焦灼地上下骚动。忽然，我的袜子被榻榻米的拼接处勾起了丝，接着一阵痉挛，疼痛随之而来。我想，这是佛给我的惩戒。

回想起来，仍然觉得很诡异。平日里秘藏的佛像忽然开龛，如此不可思议的偶然，竟然正好发生在我这段不到十公里的路途中。

沿着道路一旁走时，我和一个刚走出家门的男人对上了目光，他怀里有个小笼子，看不清里面是松鼠还是仓鼠。他面无表情地看着小兔，大小不对称的双眼里没有一丝光泽。他久久没移开目光，我于是轻声地嘀咕了一句"你好"，他本就偏大的右眼瞪得更用力了，询问我："曼陀罗？"这是一条格外开阔的小石子路，也确实被标记在曼陀罗朝圣的路线之中。前方能看见车道，我和他隔着一小段距离。身旁的芒草杂乱无章地随风飘摇，小兔答道"是的"，不知为何声调带着优等生的感觉。我忽然想起在变成无业游民之前，小兔在毕业典礼上被叫到名字时应答的声音。男人笑着发出了"噗噗"的错误提示声，然后告诉我这边是死路。也许是经常遇见走错路的游客吧，他走上前一步，熟练地告诉我路标的桥叫什么名字，还鼓励我"从这里走过去啊，注意安全"。

他将手里的笼子放回玄关处，正好被一盆红色鼠尾草遮挡住了，小兔便问："您，是养了仓鼠吗？"因为我们家养了嚯啰，心想可以闲聊两句。谁知他伸手挠了挠屁股，只是短促地应了一声："欸？"小兔有些被吓到了，盯着他的眼睛却没法儿动，仿佛被定住一般。男人的右眼依然瞪得很夸张，咕哝了一句："死了，今天早上。"

风缓缓地吹着，似乎有股腥味，小兔回想着小石子路被芒草包围的风景，继续沿路边行走。红色鼠尾草、停车场里探出头的方形面包车、几乎没有水流淌的河、布满红褐色锈迹的桥。那间破破的老房子看起来不堪风雨，那个男人一直住在那里，给走错而迷失的人指路，他养的仓鼠，在今早，死了。

随后，我沿着河流行走，忽然撞见了地图上没有标明的分岔口。这里既有桥，又有狭窄的路，走进山的瞬间，明显感觉空气变了。

完全像进入了另一个世界。湿润的泥土与青草的气味盈满胸口，无数棵挺拔的杉树直指天空。冰冷的风吹了又吹，耳垂仿佛要被冻掉了，我背着重重的行囊，每一步都踩得很重。我行走在一不留神就会迷失方向的崎岖山路间。一旦停下，踩断小树枝的声音、衣服摩擦的声音以及呼吸声会一齐消失，厚重的沉默随之袭来。沉默并非从天而降，而是从身后追逐而来。为了逃离这一片寂静，只有步履不停。跨过倒伏的树木，当光洒落时视野忽然变得开阔。在不经意的瞬间，我下意识地停下脚步，又立刻被沉默笼罩。当太阳被云层遮住，树木间斑驳的光影化作一片阴郁时，小兔忍不住蜷缩着蹲下。从羽绒服的口袋里扯出缠成一团的耳机线，堵住耳朵，播放萨蒂的曲子。听着舒缓的三拍子音乐，再次洒落的阳光在我眼中也变得更神圣了。我解开了手机锁屏。最终，小兔还是无法脱离都市、耳机里上演的一片天地以及网络信号。幸好现在是上午。如果傍晚迷失在这种地方，恐怕会再也回不了家吧。地图软件需要一直启动，但此刻的小兔对 SNS 的需求更迫切。小兔孤身一人困于山里时，其他人丝毫不受影响地继续着日常生活，我想透过网络体会这种感受。打开 SNS 一看，实时内容正飞快地刷新着，这种状况相当少见。我粗略地往回追溯，看了看大家转发的内容，得知是飞鸟座的演员北川洋次郎要引退了。洋次哥是剧团的招牌演员，小兔喜欢的西蝶之助扮演女角时，通常都是洋次哥扮演恋人。很多人都期待他成为下一任团长，可他却因为和粉丝结婚，下定决心引退了。小兔无法接受这种打击，只感觉像在做梦。这并非此时此刻"正在发生的事"，而是"已经发生的事"了。小兔隐约有种来晚了的感觉。"怎么可能！""为什么结婚了就要放弃事业？解释呢？""区区一个粉丝没资格说什么吧，那么高高在上地要求解释是在干吗？洋次哥，祝福你！""糟了，大脑宕机了，等等啊。""不工作怎么养家啊。""女方好像见过啊，是樱子吧？前段时间录制完接他下班时戴着大蝴蝶结的人。""他有其他工作吧，之前好像说过剧团这边只是副业。""骗人的吧。""哭了。""不是樱子吧，笑死。"

我刻意不加入八卦，而是发了一条"手术在上午"。随即，实时内容的刷新稍稍放缓了，不过毕竟是轰动事件，并没有像以往那样完全沉寂。

"希望没事。""没办法了。"小兔的手停不下来，继续写道："或许这就是最后了，打麻醉前和她说了说话。"我的脸似乎因为悲痛而红了起来。事实上，手术确实是计划从上午开始。我一屁股坐在了倒伏的树干上，侬或许会觉得，抛弃卡卡躲到这种地方玩手机的小兔很无情吧，可是，小兔的确在为卡卡悲伤。小兔发出的碎碎念完全脱离了事实，虽然知道手术不会带来什么生命危险，却还是会因为想象而陷入悲伤。此刻，时间线上已经安静了下来，只剩阿绿姐还在继续唠叨洋次哥引退的事，仿佛无视了小兔。我再次头脑发热，接着决定了这个故事的结局：卡卡在两个小时后因为手术死了。

我在山的沉默中呆滞了一个小时，终于站起身，再次开始缓慢地行走。洋次哥竟然引退了，小兔不禁回想起这一路遇见的种种偶然。碰巧今天有一个与寺庙有因缘之人的亲属和小兔一样从横滨过来，小兔因此见到了以往都秘藏着的佛像。仓鼠之死。从大门坂遇见的老奶奶那里得知一年只有三次的主佛像今日开龛。那智大社正在翻修。这一切发生的时机未免太过重合。忽然，雨滴落在我的下嘴唇。睫毛上似乎承载着很重的空气。小兔眨了两次眼，试图摆脱那种感觉，可弥漫在森林里的空气越来越湿了。抬头时，一片阴霾的天空仿佛下坠着压迫而来，远方响起了雷鸣。我想起姥姥之前也提到了台风，又不是台风季，严冬里很少有雷雨吧。小兔戴上帽子俯身望去，零零星星的几个人正慌忙地沿着台阶向下跑。我合紧嘴唇，想抑制白色的气息渗出，雨滴渐渐地在台阶上洇出深色的水痕。我一步一步地踩实，继续向上爬。说是台阶，其实只是岩石堆叠着勉强形成阶梯状，每次踩到不稳的地方，背脊都会瞬间绷紧。

我刻意不看擦肩而过的人。好不容易走到了平坦的地方，看了看路线指南，又踩上了另一段台阶，我仍然盯着自己的脚，继续向上爬。台阶一直延伸出了森林。终于，视线里出现了一座大大的鸟居。

翻修中的神社被覆盖着灰色的篷布，透过缝隙能窥见被雨打湿的朱红色，反而显得更肃穆了。作为西国三十三所巡礼中的第一所，青岸渡寺，它在雨中显得有些萧瑟，札所的旗帜随风微微飘动着。小兔的目标原本是平时替代主佛像陈列的前立本尊如意轮观音，然而今天却不对外展示，这令我稍稍有些失望。据说前立本尊是小小的一尊，闪耀着金光，呈现出美丽的女性姿态。此刻我只能望向昏暗的佛堂深处，隐隐约约地确认如意轮观音那庄重的黑色轮廓。小兔投掷了一枚五日元硬币，大脑一片空白地合十双手，接着前往三重塔。塔的内部贴着色彩鲜艳的来迎图，很有东南亚风情，电梯旁陈列着金闪闪的千手观音。上层的佛堂外环绕着回廊作为瞭望台，能清晰地观赏瀑布美景。小雨中的瀑布如同摊开了无数层玻璃纱，飞流直下，溅起细碎的水花。乌云深处，浅浅的晚霞蔓延开来，我呆呆地眺望着暮光之中那束倾泻的水流，觉得这一幕很像倒放的烟雾。在夕子阿姨的葬礼上，我越过明子的肩膀望见了焚烧遗体的烟雾。想到这里，我闻到了水的气味。

我掏出手机拍了照片，自然，便携设备的摄像头完全拍不出这片景色的庄严。我早已将最初不愿使用网络的执拗抛至脑后，又再次打开了SNS。我写下，"好像失败了"。在安静的时间线上，我继续喃喃自语："妈妈去世了。原本就是危险性很高的手术，我早就做好了心理准备，却仍然无法整理好现在的心情。"沉默的网络原原本本地具象成了我眼前寂静的风景。你会瞧不起写下这种谎言的小兔吗？当然会吧，全世界的人都会表示轻蔑吧。写下的瞬间，小兔感觉仿佛缓缓地挣脱了禁锢。静谧而孤独的山，看起来像仰躺着的丰满女人。我想起某个盛夏的傍晚，我从卡卡被人杀掉的噩梦中醒来。我是哭着醒来的，卡卡却仍然在沉睡。小兔好想马上把她叫醒，理智却阻止着我。卡卡仰躺着，隆起的胸部、腹部、臀部、大腿前侧与小腿肚并不美观，那深绿色的身影却像连绵起伏的山峦。眼前的群山连接着灰蒙蒙的海，像女人的身体一般深深地呼吸着。从古绵延至今的生命在责备着小兔。远在横滨的家忽然勾起了我深切的悲哀和怀念，我想回去了。胸口颤抖着，自然而然地涌起了流泪的冲动，这令我感到安心。因为悲伤，我的谎言好像变得不再是谎言了。小兔再次看向手机，胸口却冰封般地僵硬了。

映入眼帘的是阿绿姐的牢骚，连着四五条类

似"我无法释怀，太受打击了""偶像结婚也太残忍了吧？大家都是怎么想通的啊"的话，语气和以往没有任何区别，其中最先发出的那一条距离小兔宣布卡卡死亡甚至不到一分钟。因为其他关注者都保持沉默，阿绿姐一个人覆盖了实时内容的页面。

　　小兔呆呆地看着那些完全无视我的内容继续刷屏。正在这个时候，手机的提示音响起，实里姐发来了信息。她给我的印象是成熟的大姐姐，文笔严肃，似乎很难接近，所以我们很少交流。"手术前其实就在担忧，不过没好意思发信息给你，可这一次，怎样都无法视而不见了。"或许是在犹豫措辞吧，足足过了三分钟她才发来下一条："不用有回复我的压力哦。这是我的电话号码。如果想找人倾诉了，可以联系我。"其他人也陆陆续续地发来了类似的问候，小兔有些呼吸困难，想回复这些人却找不到任何言语。恐惧猛地涌了上来，我注销了拉比这个账号。仅仅五个步骤就注销完了。

冰封的胸口重新传出心脏"怦怦"跳动的声音，血液如同冰雪消融汇聚而成的浊流一般汹涌，浑身毛孔敞开，急汗狂冒。小兔沿台阶跑下三重塔，耳朵深处突然鲜明地回响起明子说"买曙屋的饼干"的声音。曙屋的饼干在制作过程中会揉入大量的花生酱。因为姥姥爱吃，以前常常会买，但每次卡卡都把自己的那份让给依、我或明子。卡卡总是一脸幸福地看着我们吃，当时没察觉到什么异样，后来才知道她对花生过敏不能吃。明子，或许是想杀了卡卡。她打算趁小兔不在，利用过敏性休克杀了卡卡。因过敏而死亡的情况并不罕见。如果只摄入少量或许没什么大碍，可卡卡正处于手术后免疫系统脆弱的状况，因麻醉而不省人事时，哪怕只食用一丁点儿，气管都会肿胀到无法呼吸，绝对会死的。我的肚子如同破裂一般痛了起来。小兔立即给依拨了电话，想告诉依别让明子进病房。然而，不知是依在医院手机没电了，还是山里信号太弱，怎么都无法接通。

我想，是遭报应了。忌妒他人的不幸、随意拿生命开玩笑的小兔遭到了报应。这令小兔躁动不安地兴奋起来。

所有故意招报应的行为，其实都反射着意识最深处的信仰，例如执拗地踩榻榻米的边缘、趁没人注意时偷吃佛龛上大概率并不美味的点心、用蜡烛头搅弄线香烧尽的灰引起火花四溅，等等，故意做这些事情对所谓的报应表示叛逆，这是以存在某种超越常理的力量为前提才成立的逻辑。从未想过那种力量存在的人们，只会稀松平常地走过榻榻米，根本不会留意什么边缘，更不可能偷吃佛龛上渗透香火味的点心。故意招报应，其实是在信仰神的前提下，小心翼翼地窥探神的脸色，幼稚至极。等到报应来临时，这种人会震颤着感到安心。因为确认了某种真正能理解自己的存在，并且彼此相连，这种安心感能让人毫不保留地将自己交付出去。

小兔一点儿也不想去原本计划落脚的旅馆，因为在有人的地方，无法尽情喊叫，我向着山的更深处攀登。曼陀罗的道路仍在延伸，在暴风雨中行走至山的深处，我有预感会遇见什么。或许我孤身一人能抵达的地方有限，可既然已经触怒了这里的神明，除了继续往深处走，我别无选择。说不定，想要孕育卡卡，必须让卡卡死去。这种说法很常见吧，在某人的忌日出生的婴儿，即是故人的转世。我想正是如此。这个世界不会有两个卡卡，如果小兔想要生下卡卡，现在这个无药可救的卡卡必须死去才行。频频遇见的偶然，一定也预兆着这次承载信仰的复活。

　　小兔的脚已经不听使唤了，只是义无反顾地踏入湿润的泥土，磕磕绊绊地前进着。手机持续着呼叫状态，剩余电量也只有 10% 了。小兔已经完全放弃渴求卡卡的存活，并为此而兴奋。她不会再发狂，我对她的信仰也终于要复活了。此时此刻，我持续拨电话给侬，目的已经变成确认卡卡的死亡。如果侬悲痛地告诉我明子杀了卡卡，我会打断侬，如此说道——小兔已经怀上了卡卡喔，用不了多久就会生下卡卡喔，所以，侬不用担心喔。

阿光，在小兔踏上旅途前，侬说过这种话对吧，家里已经待不下去了，快要疯掉了，说不定已经疯了。因为小兔将侬视作身体内侧的一部分，无法帮侬判断这些，不过，我可以教给侬一个辨别自己是否疯掉的方法。

如果想迅速得知自己是否已经精神错乱，不如去坐一坐高峰时段的电车吧。假如其他座位上都挤满了人，侬的身旁却孤零零地空着，那就证明侬已经疯了。

侬不在场的时候，小兔由于无法确保卡卡两边都有人坐，所以一定会让卡卡坐在边缘的位置上，然后自己紧紧地挨坐在她身旁。像嗦啰贴着人那样，把臀部和腹部深深地往里坐实。

我一直都是这样做的。如果旁边的座位空掉，卡卡会受伤的，所以即使空着一个座位，也绝对不能让她坐，必须是长座椅边缘的两个空位才行。在那种座位空出前，卡卡可能会沮丧地变成八字眉，吃力地抓着吊环，指甲泛白，但不管多心疼，也绝不能允许她坐喔。

虽说如此，但那种生活也到此为止了。因为生下小兔而陷入污浊命运的可怜卡卡，很快就要从俗世中解放了。总算能够得救了。或许已经无法传达，但如果依还能见到活着的卡卡，请对她说："谢咯哟，好生困觉喏。"

体力如手机的剩余电量一般不断地消减着。由于地图软件会耗电，小兔已经把它关掉了。完全不知道走到哪儿的小兔笑了起来，一笑，子宫里似乎有什么跟着蠕动。卡卡一定也像我一样痛吧，如孕吐时一般恶心、过敏导致咽喉肿起无法呼吸、视野逐渐模糊，这应该是我们同步感受的痛苦吧。我的大腿根部因被血濡湿而逐渐变热了。子宫胀胀的，很痛很痛，呕吐的冲动感涌了上来，酸臭的胃液混合着还没完全消化的便利店饭团米粒，黏黏糊糊地倾泻在干枯的叶子上。伴随着雷鸣，强烈的闪电划过天空，这一瞬，我想是怀上了。我想，是卡卡死掉了。紧接着，一直在耳边嘟嘟响的电话终于接通了。自然，电话那头是依。

挂电话几秒后，我张大了嘴巴，感觉到雨滴落在了温暖的口腔黏膜上。湿冷的空气让声门、气管以及肺部在一瞬间猛地收缩，小兔发出嘶哑的声音，痛哭起来。

雷声轰鸣，贴在身上的暖宝宝已经变硬，我伸手覆盖住了疼痛的腹部。我想起很久以前曾用一样的动作遮住自己的肚脐。当时小兔覆盖腹部的手上还覆盖着另一只更大的手，她说，雷公会来把肚脐偷走喔，声音与眼神里渗透着笑意，像戏弄又像怜爱。

是从什么时候，变得无法相信了呢？继续将

她的话通通当真，究竟，有什么不可以呢？

我哭着，不顾一切地继续迈步，浸湿的靴子陷进了泥泞中，脱下后，毛线袜子也沾满了泥。小兔的呼吸越来越短促，只能拼命地将湿湿的空气吸入胸口。商场的天台也好，都市里的十字路口也罢，无论在哪里迷路了，小孩哭喊的话永远是一样的。

"卡——卡——"小兔哭喊起来。发出声音的瞬间，紧眯的眼皮内仿佛有光绽开，湿答答的发丝也飘进了嘴巴里。发丝缠住了滚烫的舌头，我竭尽全力像乌鸦一般地叫唤着。"卡卡——卡——卡——"喉咙每颤动一下，对卡卡夹杂着忏悔的爱都会涌上心头，几乎让我的胸腔炸裂。泪水滑落，喉咙也跟着痉挛。小兔想问一问雷公，为什么要夺走小孩的肚脐，是为了剥离小孩与卡卡吗？

卡卡，我想继续叫喊，喉咙却被堵住一般，只能发出断断续续的哭声和狼狈的呼吸声。小兔知道这种感觉。失魂落魄时，滑动着通信录却找不到一个能打电话的人，就是那一瞬的感觉。不确定想找谁时，其实就是想找神。因为不特定的某人其实根本就不存在。有的只是特定的、各自活着的人喔。

连接着婴儿与母亲的脐带会被某个无关的人剪断，肚脐作为脐带存在过的痕迹，寂寞地留在人体的中央。如果真的能让肚脐消失，如果真的有人能做到那种事，我倒希望他将这个痕迹夺走算了。

脸颊已经湿透了，头晕目眩，视野也渐渐模糊地发白。我看见自己的黑色长靴被落在了很下面的地方。我想重新穿上那双沾满泥的靴子。

手术成功了。明子带去医院的慰问品其实是果冻饮料，她提起曙屋的饼干，与其说是找碴儿，不如说更像是开玩笑。在山里侵袭小兔的强烈腹痛原来只是痛经。卡卡还活着，在医院发着高烧，连接着每次呼吸都会发出水声的细管。可是啊，阿光，生下小兔和侬的子宫，已经不存在了。

图书在版编目（CIP）数据

我想生下妈妈 / (日) 宇佐见铃著；千早译. -- 上
海：上海文化出版社，2023.7
ISBN 978-7-5535-2759-8

Ⅰ.①我… Ⅱ.①字… ②千… Ⅲ.①长篇小说—日
本—现代 Ⅳ.①I313.45

中国国家版本馆CIP数据核字(2023)第096158号

图字: 09-2023-0456号

出 版 人　姜逸青
策划机构　浦睿文化
策 划 人　朱琛瑶
责任编辑　赵　静
装帧设计　凌　瑛

书　　名　我想生下妈妈
著　　者　[日] 宇佐见铃
译　　者　千早
出　　版　上海世纪出版集团　上海文化出版社
地　　址　上海市闵行区号景路159弄A座3楼　201101
发　　行　上海浦睿文化传播有限公司发行中心
　　　　　上海市静安区万航渡路888号开开大厦15楼A座
印　　刷　河北鹏润印刷有限公司
开　　本　787×1092 1/32
印　　张　4
版　　次　2023年7月第1版　2023年7月第1次印刷

书　　号　ISBN 978-7-5535-2759-8/I.1061
定　　价　49.00元

如发现本书有印装质量问题请联系出版方，电话: 021-60455819

浦睿文化
INSIGHT MEDIA

出 版 人：姜逸青
策划机构：浦睿文化
出版统筹：胡　萍
监　　制：余　西
责任编辑：赵　静
特约编辑：朱琛瑶　孟　雅
装帧设计：凌　瑛

欢迎出版合作，请邮件联系：insight@prshanghai.com
微信公众号：浦睿文化